Barbara-Katharina Beck

Tatort Naturpark Südschwarzwald

Herstellung und Verlag;

BoD – Books on Demand, Norderstedt

ISBN 978-3-7392-2872-3

www.bod.de

Titelgestaltung: Barbara-Katharina Beck

Satz: Barbara-Katharina Beck

Die Erzählungen sind frei erfunden. Ähnlichkeiten mit wirklichen Personen oder tatsächlichen Ereignissen sind nicht beabsichtigt und somit rein zufällig.

Das vorliegende Buch einschließlich aller seiner Teile ist urheberrechtlich geschützt. Jede Verwertung ist ohne schriftliche Zustimmung der Autorin unzulässig.

©2016 Barbara-Katharina Beck

b.beckjuh@yahoo.de

Barbara-Katharina Beck

Tatort Naturpark Südschwarzwald

Kurzgeschichten – wildromantisch - kriminell

Autorin

Barbara-Katharina Beck

Die Autorin wurde in Freiburg im Breisgau geboren. Aufgewachsen ist sie im wunderschönen Dreisamtal. Sie verbrachte eine erlebnisreiche und prägende Kindheit im wunderschönen Naturpark Südschwarzwald. Getreu dem Motto: „Immer in Bewegung" erlebt sie am liebsten joggend, wandernd oder auf dem Mountainbike die Wälder im Hochschwarzwald.

Die Liebe zum Schreiben begann sehr früh. Mit 8 Jahren durfte sie die ersten Speisekarten des elterlichen Gastronomiebetriebes auf der Schreibmaschine schreiben. Zum 10. Geburtstag schenkte ihr der Großvater eine alte Torpedo 20 Schreibmaschine und brachte ihr bei, wie man Geschichten schreibt. Die Schreibmaschine steht noch heute als Talisman auf ihrem Schreibtisch.

Die Liebe zum Schreiben ist der Fach- und Sachbuchautorin FJS bis heute geblieben.

Inhaltsverzeichnis

Rache ohne Altersgrenze	7
Todesfalle Luxussaun	37
Mit 66 Jahren fängt das Morden an	53
Dumm verblutet	67
Rassig, temperamentvoll, tot	78
Im Naturpark...	101
Grausam nette Todesfälle	115
Wenn du wüsstest	133
Donna	144
Wenn des ruskummt	150
Freizeittipps	164
Schlusswort	166
Danke	167

Für Euch:
Karle, Mary, Katharina, Marco, Christina,
Gabriele, Michael, Stephan, Marion,
Andreas, Vanessa, Geneviève, Rosa,
Guiseppe, Fabio, Francesco, Natascha

Rache ohne Altersgrenze

Es war wieder einer dieser Hochdruckgebiete mitten im Frühjahr. Eine Nebelbank jagte die Andere. Die Wassertropfen waren fein verteilt und luden erst zum lebensbejahenden Spaziergang ein, wenn die Sonne sich durchsetzen würde – ja, wenn sie es tun würde! Karl hatte an diesem Tag einen Arzttermin. Der Spaziergang musste warten. Nichts hasste er mehr als frühes Aufstehen und ewiges Warten in total überfüllten, und stickigen Wartezimmern. Dieses Wartezimmer schien aus dem 21. Jahrhundert zu sein. Es war ein übermoderner Stil ohne Sitzkomfort. Auf völlig unpraktischen und unbequemen Designerstühlen aus Metall mit halbierter Sitzfläche musste er sitzen bis ihm die Arschbacken schmerzten. Dafür war es aber modern. Erst verlagerte er das Gewicht auf die rechte Backe, dann verlagerte er das Gewicht auf die linke Backe. Wie er sich auch verlagerte, es schmerzte irgendwann das gesamte Hinterteil.

Dachte hier mal jemand an die Patienten-Hintern mit Alterssensibilität?

Stundenlanges Warten auf unbequemen Stühlen schien zur Normalität dieser Praxis zu gehören. Dies musste er leider am eigenen Leib feststellen. „Da müssen wir uns eben noch gedulden, Herr Heinrich. Der Herr Doktor ist eben sehr beliebt und hat täglich viele Patienten um die er sich kümmern muss", entgegnete ihm die Arzthelferin, als er bemüht war, sich freundlich über die, so schien ihm, verhältnismäßig lange Wartezeit zu beschweren. Immerhin war die junge Arzthelferin sehr nett zu ihm und ihr Erscheinungsbild durchaus akzeptabel. Sie kleidete sich sehr modern, was so viel bedeutete wie: reizvoll und knapp. Die meisten jungen Mädchen und Frauen von heute legten Wert darauf, nur das Nötigste ihres Körpers zu bedecken und selbst dies sehr eng und figurbetont. Die Proportionen ihrer Brüste erinnerten ihn an zwei wunderschöne Berge im Hochschwarzwald: den Feldberg und das Herzogenhorn.

Der Feldberg war mit seiner stattlichen Höhe von 1493 Metern der höchste Gipfel des Schwarzwaldes.

Hier befand man sich im größten und ältesten Naturschutzgebiet Baden-Württembergs und der Gipfel bot einen atemberaubenden Blick zu den Französischen Vogesen und der Schweizer Alpenkette. Der zweithöchste Gipfel im Feriengebiet Schwarzwald war das Herzogenhorn. Hier traf der Naturliebhaber auf eine subalpine Pflanzenwelt. Wollgras und Wiesenpieper entfalteten sich mit ihrer Schönheit.

Wie oft schon hatte Karl die Schönheit der Berge genossen. Das war sein Naherholungsgebiet. Anmutig wuchs die goldgelbe Arnika auf ihren mageren und stickstoffarmen Bergwiesen und Borstengrasrasen. Diese Heilpflanze stand unter Artenschutz und prägte auf den Höhenlagen das Gesamtbild. Warum denn in die Ferne schweifen, wenn das Schöne doch so nah lag. Er genoss die Berge und jene unbeschreibliche Stille.

Er war ja Naturliebhaber und als solcher liebte er seine Wahlheimat.

Wo waren wir stehen geblieben?

Genau, bei den fleischigen Bergen der Arzthelferin. Auch diese Berge fand Karl faszinierend. Zwischen den Bergen hing ein Rubinstein in Herzform. Rot, die Farbe des Feuers, der Erotik und der Liebe. Karl konnte sie leider nicht so scharf wie gewünscht betrachten, was wohl den alternden Augen zu verdanken war, doch das, was er nicht genau sah, schmückte er sich in seiner Fantasie reichlich aus. Er wünschte sich in diesem Moment den Augenarzttermin vorgezogen zu haben, dann hätte er in ihren Ausschnitt und auf das knapp bedeckte Hinterteil besser, sprich: „schärfer" schauen können.

„Herr Heinrich, ich habe hier noch ein kleines Präsent für sie, einen kleinen Allround-Kalender", die Arzthelferin reichte Karl ein kleines, schwarzes Büchlein.

„Vielen Dank junge Dame, womit habe ich denn das verdient?" Karl begann darin zu blättern.

„Diesen Kalender bekommen alle treuen Patienten von uns, es ist ein kleines Dankeschön."

Das neue Jahr war schon voll im Gange. Um genau zu sagen es war schon Anfang Mai. Trotzdem freute sich Karl über die nette Geste. Er würde gleich seine ersten Notizen darin machen. Ein Griff in sein Sakko und er hatte einen Kugelschreiber in der Hand. Kurz hob er seinen Blick und die nette, junge Arzthelferin drückte ihre Brüste aufrecht in seinen Blickwinkel.

Karl vermerkte in seinem neuen, kleinen, schwarzen Kalender mit Zitaten und Notizseiten in ganz großen Druckbuchstaben: AUGENARZT VOR HAUSARZT.

Das hatte ihm der Herr Doktor beim letzten Termin ausdrücklich empfohlen: „Herr Heinrich, sie sollten öfter abschalten und andere Dinge beobachten." Mit „abschalten" meinte er den Fernseher. Zu häufiges Fernsehen (mehr als fünf Stunden täglich), konnte seiner Meinung nach die Gefahr einer Embolie begünstigen.

Der Deutschen liebste Freizeitbeschäftigung war scheinbar mit einem Risiko behaftet.

Als Stammpatient des Hausarztes bekam man immer nützliche Dinge geschenkt: Kalender mit netten Sprüchen, Seifen, Hustenbonbons und als Highlight eine Gesundheitsbroschüre. Letztere war ein Helfer in allen Lebenslagen. Mit der Broschüre konnte Karl den Alltag gelassener angehen und zur inneren Ruhe gelangen. Sie gab einem Tipps in allen Lebensumständen. Ab einem bestimmten Alter fühlte man die nervöse Unruhe mit begleitenden Schlafstörungen schon bei bloßer Betrachtung diverser Zeitschriften in sich. Die Gesundheitsbroschüre sorgte für die optimale Umstrukturierung der eigenen Gedanken und des alltäglichen Lebens. Sogleich lösten sich Anspannungen und die innere Stimmung wurde abrupt aufgehellt. Karl konnte so gelassener in die Zukunft schreiten. Selbst seine eingewachsenen Zehennägel und der hartnäckige Fußpilz wurden in seiner Lieblingsbroschüre thematisiert.

Den wasserlöslichen Anti-Pilz-Lack trug er immer in seiner Manteltasche. Am spannendsten fand Karl die Themen rund um die Demenz, auch wenn er sich, kurz nachdem er den Artikel gelesen hatte, kaum mehr an dessen Inhalt erinnern konnte. Woran das wohl lag?

Auch hätte er fast vergessen, warum er hier in diesem stickigen Wartezimmer eigentlich so lange warten musste und wäre fast schon aufgestanden um nach Hause zu gehen, hätte er da nicht diese grelle Stimme vernommen, die ihn auf den Boden der Realität zurückholte: „Herr Heinrich, Sie dürfen schon mal im Behandlungszimmer Platz nehmen." Jetzt erinnerten sich seine grauen Zellen wieder, warum er hier war – und auch sein fast schon wund gesessener Hintern sendete eine Nachricht ans Hirn: „Kneif deine Arschbacken zusammen und verschwinde von hier."

Zu spät, die Vernunft bewegte seine alten, aber noch mobilen Knochen ins Behandlungszimmer.

„Da müssen wir uns mehr bewegen, Herr Heinrich, gell das werden wir doch tun, nicht wahr", hatte der nette Doktor als erstes in einer Sopran ähnlichen Stimmlage zu ihm gesagt, als Karl nach zwei Stunden Wartezeit im Warteraum endlich an der Reihe war und den hochheiligen Behandlungsraum mit geröteten, schmerzenden Arschbacken betreten durfte. Karls prall gefüllte Beine schmerzten ebenso wie sein Hintern. Von Tag zu Tag kamen mehr Schmerzen hinzu. Sie kamen und gingen. Es gehörte zum alltäglichen Leben, irgendwann lebendig erleben zu dürfen, wie man langsam ablebte. Wie sich die Muskeln zurückzogen, die Elastizität verloren ging, die Stärke nachließ und der Körper dem Kopf nicht mehr folgen wollte. Was der Kopf befahl ignorierte der Körper gänzlich. Vieles konnte er nicht mehr umsetzen – und einiges setzte er um, obwohl er es nicht wollte. Hierfür gab es immerhin die optimale, anatomisch geformte, dünne Slip-Einlage für den Mann mit unfreiwilligem Harnabgang. Jetzt war er gerüstet in allen Lebenslagen.

Karl ließ sich nicht von seiner kleinen Blasenschwäche, welche sich durch die Nebenwirkung seiner blutdrucksenkenden Medikamente verstärkte, unterkriegen. Laut Doktor war der häufige Harnabgang therapeutisch erwünscht. Das therapeutisch gewünschte Resultat landete bei Karl leider nicht immer rechtzeitig im Pissoir.

Der Arzt betrachtete ihn von allen Seiten, hierfür umrundete er ihn mehrfach mit seinem exklusiven Lederstuhl auf nahezu lautlosen Rollen. Der lautlos rollende Doktor drücke seinen langen, dicken nagelpilzbefallenen Daumen immer wieder auf die verschiedensten Stellen der schmerzenden Beine und hinterließ als Beweis seiner gleich folgenden Diagnose mehrere unschöne Dellen auf Karls Unterschenkeln. Dann brachte der Arzt seinen aufgeblähten Wohlstandsbauch in eine aufrechtere Haltung, räusperte sich mehrmals hinter hervorgehaltener Hand, sah dabei unauffällig auf seine teure Armbanduhr und sprach: „Da haben wir`s - da haben wir aber ganz viel Wasser drinnen, in unseren Beinen, Herr Heinrich.

Nein, nein, das können wir so aber ganz bestimmt nicht lassen." Karl war kurz vorm Durchdrehen. Konnte dieser Idiot nicht einfach mal aufhören ihn wie ein Baby zu behandeln? Er wollte nie alt und gebrechlich sein. Er wollte bis zum Ende seines Lebens würdevoll behandelt werden, so wie er auch seine Mitmenschen würdevoll behandelte, seit er in Deutschland war.

Nun im höheren Alter wurde er von seinem leicht adipösen Hausarzt im Plural angesprochen: „Das darf uns jetzt nicht erschrecken, Herr Heinrich, es geht uns doch trotzdem gut, oder? Es geht uns doch trotzdem gut Herr Heinrich, auch mit so viel Wasser in den Beinen, oder?"

„Mir geht es den Umständen entsprechend gut, Herr Doktor und sie können ruhig normal mit mir sprechen, ich bin zwar alt..." Karl machte eine Verschnaufpause, dann sagte er laut und energisch: „...aber noch lange nicht senil, Herr Doktor!" Ohne auch nur ansatzweise auf Karls Ausbruch einzugehen, fuhr der Arzt mit seiner Behandlung fort.

„Na dann schauen wir doch mal, was wir da verschreiben könnten." Der rollende Doktor verabschiedete sich von Karl, drückte noch einmal fest in sein aufgeschwemmtes Bein um einen weiteren Abdruck auf seinem Unterschenkel zu hinterlassen, dann rollte er kommentarlos und rasant durch die Behandlungstüre hindurch. Im Empfangsbereich prallte er mit seinem rollenden Stuhl gegen die schwarz furnierte Theke der Anmeldung.

Der gestresst wirkende Herr Doktor streckte seiner Arzthelferin einen kleinen Zettel mit unlesbaren Notizen entgegen, gab ihr Anweisungen, was das Rezept anbelangte und rollte wieder zurück. Die Arzthelferin erstellte das bereits unterschriebene Rezept nach Anweisung.

Verschrieben wurden an diesem Tag: Kompressionsbestrumpfung nach Maß bis unterhalb der Knie mit Abschlussbündchen. Karl befand sich offensichtlich schon im Lymphödeme Stadium 1. Des Weiteren bekam er noch eine Packung Diazepam Beruhigungstabletten verschrieben.

Karl überlegte sich kurz mitsamt dem Rezept nochmals ins Behandlungszimmer zu gehen und das Rezept vor den Augen des Arztes hinab zu schlucken. Einfach so, ein bisschen aus Protest und weil Karl einmal ein Zeichen setzen wollte - doch dann bekäme er wahrscheinlich eine Verstopfung und der Arzt würde ihn und seinen Plural womöglich für verrückt erklären und zum Neurologen schicken. „Wir gehen dann jetzt und wünschen dem Herrn Doktor noch einen schönen Tag", rief Karl lachend in das Behandlungszimmer und winkte dabei. „Humor ist, wenn man trotzdem lachen kann", dachte sich Karl.

Nach diesem anstrengenden Arztbesuch war ein Spaziergang die beste Medizin. Sich über die Methoden des Arztes aufzuregen lohnte sich nicht. Es wäre eine reine Vergeudung wichtiger Zeit gewesen. Und wer wusste schon, wie viel Zeit zum Leben man noch hatte? Darum widmete sich Karl schöneren Dingen: ausgiebigen Spaziergängen beispielsweise.

Mehr Bewegung war ihm verschrieben worden, dann passte das ja - dabei hatte sich Karl mehr als bewegt, das ganze Arbeitsleben hatte er sich bewegt.

Wenn es darum ging hatte er sich längst zu lebenslanger Vitalität bewegt. Der adipöse Arzt mit Sopranstimme schien sich im Gegensatz zu Karl nur im äußersten Notfall zu bewegen, selbst dann nur auf Rollen. Wer würde ihm mehr Bewegung verschreiben? Warum hatte er keine Lauf-dich-schlank-Verordnung bekommen?

Zu Karls innerer Stimmung passte das Wetter an diesem Tag überhaupt nicht. Ihm war eine düstere Schlechtwetterfront viel lieber, das passte besser zu seinem finsteren Gedankengut, welches er bekam, wenn er an das Älterwerden dachte. Er wollte nie alt und gebrechlich sein und nun im höheren Alter wurde er sogar von seinem leicht adipösen Allgemeinmediziner nicht mehr respektvoll behandelt: „Wie geht es uns heute, Herr Heinrich?" Sollte der sich besser um seine eigene Gesundheit scheren.

Unter härtesten Bedingungen hatte er geschuftet, den ganzen Tag um seine Familie und sich durchzubringen. Karl war einer dieser Spätaussiedler aus der ehemaligen Sowjetunion. Eine geschlossene deutsche Volksgruppe, hieß es. Karl war sich nicht sicher, was schlimmer war, die Diskriminierungen in der Sowjetunion oder die Diskriminierung in Deutschland. Sicher, er hatte seit seinem 10. Lebensjahr Schwerstarbeit leisten müssen und wurde in eine Arbeitsarmee berufen, in der viele Deutsche umkamen, auch seine Eltern. Sie setzten ihn für den Bau von Industrieanlagen, Bahnlinien und Straßen ein. Im Arbeitsdienst hatte er sich dieses Tattoo auf den rechten Oberarm stechen lassen: „PAX". Es sollte ihm einmal den inneren Frieden bringen, so ein Scheiß, der ließ schon zu lange auf sich warten, der innere Frieden. Ebenfalls lange musste Karl damals auf die Teilrehabilitierung warten, bis ihnen schließlich die Ausreise aus der Sowjetunion erlaubt wurde. Er wollte ausreisen, soviel stand fest - da war dann auch seine Frau verstört, als er ihr mitteilte, dass er erst einmal ohne sie ausreisen wollte.

Ein Leben in Freiheit in einem fremden Land und das wollte er ganz alleine, ohne sie, das war für sie sehr verletzend. Sie wollte nicht alleine zurückbleiben, in einem Land ohne Zukunft und so hatte sie ihm angedroht sich umzubringen, falls er alleine ging. Sein Entschluss stand jedoch fest und so hatte sie sich im nahe gelegenen Waldgrundstück einfach angezündet. Der Anblick und der Gestank verfolgten ihn bis heute.

Das war alles, was ihm von ihr in Erinnerung geblieben ist: Schreie auf dem Feld, der gekrümmte, brennende Körper und der Gestank. Er war wie in einer Schockstarre, konnte sie nicht mehr löschen, ihr nicht helfen.

Da stand er damals, unweit von ihr entfernt und nicht in der Lage irgendetwas zu tun, außer dem Leiden zuzuschauen. Ihre starren Augen meinte er noch kurz gesehen zu haben, bevor die Schreie verhallten. Hätte er sie löschen sollen, sich auf sie draufwerfen sollen? Es war doch ihre eigene Entscheidung – und so verbrannte der Körper, wie er glaubte.

Er würde ihn ein Leben lang begleiten, dieser Augenblick und dieser penetrant eklige Gestank nach verbranntem Haar und verbrannten Nägeln.

Die letzten Benzinreserven hatte sie dafür genommen. So schlecht hatte er sie nicht behandelt. Hin und wieder musste sie von ihm gezüchtigt werden, um unter Nachdruck zu verstehen, dass sie keine andere Chance hatte und in der Sowjetunion bleiben musste. Bei jedem Schlag hatte er es ihr gesagt.

Er wollte es ihr schonender beibringen, doch sie verstand es nicht, da musste er brutaler vorgehen - doch das kam nur gelegentlich mit dem Gürtel vor. Sie schrie, begann sich zu wehren und spuckte ihm ins Gesicht. Sie war eine respektlose Ehefrau, sie wollte einfach nicht begreifen worum es ihm ging. Doch das war ihr Problem. Für ihn stand fest; er würde auswandern und der Einfachheit halber erst einmal ohne sie. Aber deswegen überschüttet man sich doch nicht gleich mit Benzin und zündet sich an, er hätte sie doch nachgeholt – irgendwann.

Damals war er bereits 30 Jahre alt, abgeschafft, und nach diesem Vorfall psychisch angeschlagen und traumatisiert. Kinder hatten Karl und seine Frau Lydia keine und das war gut so, sie hätten keine Chance auf ein gutes Leben gehabt. An diesem Tag packte er das Nötigste hastig zusammen und haute einfach ab. Er war geschockt und nicht in der Lage sich um den Vorfall zu kümmern. Sollte doch irgendjemand seine Lydia begraben, er tat es jedenfalls nicht. So verschwand er, versteckte sich bei einem Freund und hatte 1987 die Möglichkeit zur Ausreise. Schließlich nahm er die Gelegenheit wahr und trat die Reise in das Land seiner Vorfahren alleine an.

So landete er sogar in der Stadt seiner Vorfahren, in Neustadt im Hochschwarzwald – doch anstatt ein Leben in Ruhe und Frieden zu finden, wehte ihm hier eher ein fremdenfeindlicher Wind entgegen. In den Augen seiner neuen Nachbarn und Arbeitskollegen war er nicht mehr als ein Ausländer, der noch nicht einmal die deutsche Sprache richtig beherrschte.

Er schien nur geduldet zu sein, da halfen ihm auch der deutsche Name und die deutschen Wurzeln nichts. Er war einer von vielen, nichts Besonderes, nicht der Rede wert.

Tage vergingen. Karl hatte sein Rezept beim Sanitätsfachgeschäft abgegeben und es wurde Maß genommen. Bis zur Unterhose musste er sich ausziehen. Alles hatte der Verkaufsberater an seinen Beinen vermessen. In einer schmuddeligen Kabine wurde Karl vermessen und sogar der Vorhang war offen. Scheinbar war der Berater alleine im Geschäft und musste zwischendurch noch die anderen Kunden begrüßen und bedienen. Was für ein Hundeleben, dachte sich Karl. Da stand er nun in der Feinripp-Unterhose mit Inkontinenzeinlage breitbeinig vor einem Verkaufsberater und musste sich die Beine vermessen lassen. Als dieser Berater ihm dann noch eine Strumpf-Farbpallette entgegenstreckte und meinte: „Suchen sie sich eine moderne Farbe aus, Herr Heinrich", wäre er fast explodiert vor Wut. Was dachte sich der Typ?

Meinte er ernsthaft Karl würde mit hellblauen oder dunkelroten Kompressionsstrümpfen herumlaufen? Im höchsten Maße erniedrigend war das. Widerwillig wählte Karl die naturfarbenen.

Eine Woche später stand er in seinem kleinen, gehobenen Haus mit Designmöbeln aus Naturmaterialien und zog sich beidseitig diese hässlichen, hellbraunen, deutschen Gummi-Strümpfe nach Maß an, damit von außen irgendein Druck auf sein Gewebe stattfinden würde. Sie waren passgenau gefertigt. Karl riss und zerrte an den flachgestrickten Strümpfen. Zentimeter für Zentimeter zog er sie im Kraftakt über seine mit Wasser aufgepumpten Beine. Angeblich wäre er sonst thrombosegefährdet, oder sonst was – und wenn schon, er war nun 68 Jahre alt, hatte viele Jahre stehend in einer Papier-Fabrik gearbeitet, bis es in den Ruhestand ging. Die gute Rente konnte er bis jetzt drei Jahre bei bester Gesundheit genießen, es ging ihm finanziell gut – und nun kamen die ersten Alterserscheinungen, so ein Ärger.

Er hatte kostengünstig ein nettes Haus in Neustadt vor vielen Jahren erworben, ein wahres Schnäppchen in der Wälderstadt im Hochschwarzwald. „Nach Neustadt zieht man nicht freiwillig, hier wird man geboren", musste er sich immer wieder von spottenden Freunden und Arbeitskollegen anhören.

Ihm gefiel diese triste Gegend im Dauerdunst, er kaufte das Haus. Im Ruhestand wanderte Karl viel und kam rum im Schwarzwald. Sein gehobenes Haus lag unterhalb des Kriegerdenkmals Fullbergkreuz, mit Blick auf den Hochfirst und die Schanze. Karl wohnte nicht in einer dieser Sozialbauten, die es zu Hauf in der einstigen Fabrikstadt gab - da konnte er stolz auf sich sein. Allen Vorurteilen zum Trotze konnte sich auch ein fleißiger Bürger mit Migrationshintergrund und einer harten Vergangenheit einen stilvollen Lebensabend leisten. Er hatte es sich hart verdient, schließlich begann er damals nach der Flucht bei null, absolvierte eine Lehre in einer Papierfabrik und arbeitete sich hoch bis zum Papieringenieur.

Das Gehalt stieg und mit ihm der Alkoholkonsum nach Feierabend. Er konnte von dem Teufelszeug einfach nicht lassen, es entspannte ihn – er ernährte sich zwar ungesund, war aber körperlich kerngesund. Erst als er begann gesünder zu leben, Mineralwasser, ungesüßten Tee und viel Milch zu trinken, Obst und Gemüse zu essen, wurde er krank. Woran das wohl lag? Viel Bewegung hatte ihm der Doktor verschrieben.

Im Arbeitslager hatte er immer viel trainiert mit seinem Körper, er wollte fit und kräftig bleiben, bis jetzt. Er trainierte jeden Tag, wenn er beim Spaziergang an diesem Geländer vorbeikam. Doch zunächst musste er diese dummen Gummistrümpfe mit viel Kraft über seine geschundenen Beine ziehen. Einen nach dem anderen. Ganz langsam aber mit System. Ohne diese sollte er ja nicht laufen. Karl blickte aus seiner Fensterfront direkt auf die Hochfirstschanze. Still und erhaben präsentierte sie sich majestätisch am Berg – dann zog er sich seine kurze braune Baumwollhose an.

Er wählte dazu den dunkelbraunen, abgegriffenen Ledergürtel, es war der gleiche Gürtel, mit dem er Lydia gezüchtigt hatte – lange war es her. Da stieg ihm wieder dieser seltsame Geruch in die Nase. Dem musste er Abhilfe verschaffen. Ein Griff in den Schrank und schon hatte er die treue Alma, seine Wodka Flasche in der Hand. Alma wollte er immer seine Tochter nennen, doch soweit kam es nie.

Ihm schenkten die Frauen keine Kinder. Er trank einiges. Trinkfest war er schon früher.

Es war zwar neblig, aber für den Frühling recht warm in der Wälderstadt. Sein schönstes Hemd würde er heute tragen, das blaukarierte – und die neuen Sandalen mit Soft-Polsterung und Klima-Fußbett vom Schuhdiscount im Einkaufszentrum zog er auch an. Warum sollte er sich nicht gut kleiden. Fast im siebten Jahrzehnt wirkte sein Charme und er flirtete noch eifrig. Im Spiegel kämmte Karl seinen Scheitel, wie immer nach links. Sein sanftes, graues Haar roch einen Hauch nach Teebaumöl und lag weich um seine glatten Schläfen. Er wollte, wie jeden Tag, besonders gepflegt wirken.

Zuletzt verteilte er das gut duftende Rasierwasser auf seinen Wangen – ja, Frauen hatte er vor Lydia, während Lydia und nach Lydia viele, doch so wirklich binden wollte er sich nie.

Der Nebel hatte sich mittlerweile gelichtet, die Schönheit des Hochschwarzwaldes kam von hier oben sehr gut zur Geltung. Karl hatte sich wie immer für einen Spaziergang oberhalb des Seniorenheims entschieden, es war ein wunderschöner Weg mit literarischen Zitaten. Das schmale Wegenetz bot täglich neue Streckenvarianten – und an einem kleinen Kletterfelsen konnte er seine täglichen Leibesübungen an einem Eisengeländer mit schönem Ausblick vollbringen. Das hielt ihn fit. Unter Karl raschelten die Blätter im sanften Wind. Die Höhe betrug keine vier Meter an dieser Stelle. Die großen, flachen Steine unterhalb des Felsens wurden erst kürzlich systematisch verteilt und luden Wanderer und Kletterer zum Verweilen ein. Unten an der Straße herrschte reger Verkehr. Schulbusse kamen und gingen. Hin und wieder fuhr ein Krankentransport zum Altersheim.

Fußgänger und Radfahrer kreuzten sich. Motorräder und Mofas knatterten vorbei. Am gegenüberliegenden Grillplatz hatte eine Jugendgruppe ihren Grill ausgepackt. Das Wetter wurde stabiler und die Sonne kämpfte sich langsam durch die Wolkendecke. Karl beugte sich über das Brückengeländer, er wollte einen Blick nach unten erhaschen, bevor er mit seinen Leibesübungen begann. Ein herrlicher Tag war es, die Sonne stand jetzt direkt vor ihm und verteilte ihre unsagbar angenehme Wärme auf seinen Wangen. Das waren die Tage, die man in dieser Wälderstadt zählen konnte. Vor seiner Übung nahm er sein kleines Kalenderbüchlein, welches er von der netten Arzthelferin geschenkt bekam und in welches er ab heute seine Trainingseinheiten notieren würde. Es war der 11. Mai. Auf seinem Spruchkalender stand: „Wenn du das Leben liebst, liebt es dich auch". Dieser Spruch stammte von Arthur Rubinstein. Er würde jetzt beginnen sein Leben zu lieben, mit all seinen Begleiterscheinungen. Karl notierte: „Ich liebe die täglichen Leibesübungen" und steckte das kleine, schwarze Büchlein wieder in seine Jackentasche.

Nun konnte er mit dem Training beginnen. Er schloss die Augen, stemmte sich mit beiden Armen auf das Geländer und drückte diese durch. Er hatte diese Kraft noch, er spürte sich. Mit einer unsagbaren Körperbeherrschung brachte sich Karl in die Waagerechte, und pendelte sich aus, so wie immer, so wie jeden Tag. Wie ein Kunstturner erstarrte er in dieser Haltung auf dem Brückengeländer, er dachte an seine Jugend und wie fit er immer war, bis heute – da war er wieder, dieser Gestank und die starren, vorwurfsvollen Augen von Lydia konnte er jetzt ganz deutlich erkennen – das musste doch irgendwann einmal aufhören – Karl streckte den Kopf hoch, balancierte seinen gestreckten Körper nach vorne und trainierte so jeden beanspruchten Muskel in sich. Wie herrlich sich das anfühlte – dann stürzte er schreiend kopfüber hinunter auf die großen, flachen Steine, unterhalb des Kletterfelsens, welche erst kürzlich systematisch verteilt wurden um Wanderer und Kletterer zum Verweilen einzuladen. „So eine Scheiße", schrie Karl.

Der Aufprall auf einem der flachen Steine am Felsen hörte sich an, wie das Aufknacken einer Kokosnuss. Sein Körper stauchte in sich zusammen und blieb schließlich in einer abnormen Stellung liegen. Nun hatte er seinen inneren Frieden. Der Wind verteilte das rauschende Blattlaub über einem 50 Cent großen Loch auf seiner Stirn. Das Blut aus seiner klaffenden Wunde trieb dem ewigen Frieden entgegen und verklebte sich mit einzelnen Blättern. Hoch oben am Kletterfelsen betrachtete eine gebückte ältere Dame am Eisengeländer das Geschehen, sie war gezeichnet vom Leben, hatte starke Vernarbungen im Gesicht, die wahrscheinlich von Verbrennungen vor langer Zeit stammten. Sie zog ihr blumiges Kopftuch tiefer ins Gesicht, da die Sonne blendete und ging langsamen Schrittes mit der Gehhilfe am Literaturpfad weiter. Der morgendliche Ausflug tat ihr gut. Sie würde wieder in ihr nahegelegenes Seniorenheim zurückgehen und den sonnigen Tag in ihrem 12 Quadratmeter kleinen Zimmer mit Blick auf die Straße verbringen. Mit einem leicht zufriedenen Lächeln genoss sie jeden Atemzug in diesem sauerstoffreichen Wald.

Mag sein, dass sie beim Vorbeigehen ausversehen an seine Beine kam und er so das Gleichgewicht verlor. Wer wusste das schon, sie sah ja auch nicht mehr so recht, mit nur einem Auge, die arme Lydia. Es würde keine Meldung in der Zeitung geben, keine Traueranzeige, keine Blumen, kein Kreuz. Er würde der erste gewesen sein, der sich von diesem Geländer gestürzt hatte. Es gäbe keine Zeugen, es wäre offensichtlich ein Suizid, gewesen, was bei verzweifelten Menschen oft vorkam. Er wäre nur einer von vielen Suizidalen, nichts Besonderes, nicht der Rede wert. Irgendein tätowierter Russlanddeutscher Rentner ohne Verwandte – und dieser hatte offensichtlich auch Alkohol im Blut gehabt. Uwe, der frisch gebackene Ersthelfer fand Karl zuerst. Blitzschnell scannte Uwe die Situation: Der Verunfallte musste vom oberen Teil des Felsenweges unglücklich hinab gestürzt sein. Konnte Uwe dem Verletzten Hilfe leisten ohne sich selbst in Gefahr zu begeben? Ein verletzter Ersthelfer war bekanntlich ein schlechter Ersthelfer. Es schien sich kein Felsbrocken gelöst zu haben, Uwe entschied sich zu helfen. Er überprüfte Karls Vitalfunktionen.

Hierfür drehte Uwe Karl auf den Rücken, entfernte einzelne Blätter aus dessen Mund, um den Kopf zu überstrecken legte er seine Hand auf Karls Stirn, dann überstreckte er leicht den Kopf nach hinten um anschließend mit den Fingerspitzen der anderen Hand das Kinn anzuheben. Uwe hielt Wange und Ohr über Mund und Nase des Verunfallten. Er hörte ein Atemgeräusch, spürte einen leichten Hauch auf seiner Wange und bemerkte auch Atembewegung auf Karls Brustkorb. Er war nicht bei Bewusstsein, doch die Atmung war noch vorhanden, das Leben liebte ihn, er lebte! Um den Verunfallten optimal lagern zu können entfernte Uwe rasch einige Steine auf dem Boden und brachte Karl in die stabile Seitenlage, überstreckte dann den Kopf wieder und öffnete den Mund, der den tiefsten Punkt ausmachen musste, leicht. Bei einer Bewusstlosigkeit verlor die komplette Muskulatur an Spannung, so auch die Muskulatur des Zungengrundes, sowie die Muskulatur, die den Magen zur Speiseröhre verschließt. Somit konnte es zur Verlegung der Atemwege kommen.

Während der gesamten Hilfsaktion rief Uwe immer wieder: „Hilfe", um auf die Situation aufmerksam zu machen. Leider hatte er kein Handy dabei um einen Notruf abzusetzen. Im nahegelegenen Altersheim nahm man seine Hilferufe wahr. Schnell eilten zwei Altenpflegerinnen, die gerade eine kurze Verschnaufpause abhalten wollten, herbei. „Das sieht aber gar nicht gut aus", sagte Olga Heinrich, die dürre, große mit osteuropäischem Einschlag und extrem langen Beinen. Die andere, Elena Tribolium, eine kleine, pummelige Bulgarin mit schwarz lackierten Fingernägeln, verspäteter Pubertäts-Akne, sichtbarem Nasenring und geschmacklosem Outfit rief die Notrufnummer: 112. Währenddessen legte Uwe einen gekonnten Druckverband auf dem klaffenden Loch der Stirn an. Ein Erste-Hilfe- Pack mit den nötigsten Verbandsmaterialien hatte er seit seinem Rettungskurs immer im Rucksack. Bis der Rettungswagen eintraf überprüfte er permanent die Bewusstseinslage von Karl und dann die Beinlänge der extrem attraktiven Altenpflegerin.

Das Leben ging weiter - und mitten im Hochschwarzwald lag ein Kletterfelsen, besonders idyllisch gelegen, mit flachen Steinen. Die Steine luden zum Sitzen und Verweilen ein, ein optimaler Platz um mit der Familie einen erholsamen Mittag in der Natur zu verbringen. Die Schönheit des Hochschwarzwaldes kam an diesem kleinen, unscheinbaren Ort besonders gut zur Geltung.

Einem Menschen wurde an diesem Tag eine ganz besondere Freude zu Teil. Ein schöner Tag, ein schöner – und hin und wieder sah man dort ein gebücktes, älteres Mütterchen mit einem blumengemusterten Kopftuch und einer Gehhilfe, mit einem zarten Lächeln im Gesicht, glücklich und zufrieden auf einem dieser leicht verfärbten Steine sitzen und in einem kleinen, schwarzen Büchlein mit diversen Zitaten blättern.

Todesfalle Luxussauna

Er war ein Drecksack, ein richtiger, ein ganz mieser Typ. Im böse sein war er der Beste, da kam lange niemand an ihn heran. In seinem schwarzen Anzug konnte er der gemeinste aller Gemeinen sein. Ein Tyrann, ein Mensch, vor dem sich seine Angestellten fürchten sollten. All die Weicheier, die Taugenichtse, die Warmduscher und Angsthasen, all denjenigen würde er auf ewig das Fürchten lehren – zumindest solange sie unter ihm arbeiten durften. Er stand vor dem Spiegel, die Krawatte konnte nicht eng genug an seinem dicken, kurzen Hals anliegen, er wollte ein leichtes Gefühl der Atemnot spüren, nur dann war er in der Stimmung, so richtig gereizt und gemein zu sein. Ja er war schon ein Sack der besonderen Art. Zum Glück gab es keinen Betriebsrat, der die Ratten schützte – so konnte er noch viel gemeiner zu ihnen sein. Immer wenn er gefragt wurde, wie viele in seinem Geschäft arbeiteten, antwortete er: „Die Hälfte", lehnte sich zurück und erfreute sich seiner Worte.

Diesen Eindruck vermittelte er auch täglich, rund um die Uhr seinen Angestellten. Die konnten nicht oft genug daran erinnert werden, dass sie nur die Hälfte arbeiteten, seiner Meinung nach. In seinem Büro hing das Schild: „Ich bin der Größte", diesen Leitspruch lebte er und da großartige Firmen mit noch großartigeren Anführern begannen, war er definitiv der großartigste der Großen, also der großartigste aller Größten. Er war zwar ein Fan von Muhammad Ali, doch weit nicht so gut durchtrainiert. Um Gewicht zu reduzieren bevorzugte er die Sauna. Das klappte immer besonders gut. Beim Nichtstun abnehmen. Dieser Schwitzkasten hatte einen besonderen Status bei ihm. Er hatte sogar einen eigenen in seiner Wohnung. Es war eine 4-Zimmer-Wohnung der gehobenen Extraklasse, direkt über dem Sklavenkeller seiner Firma in Neustadt. Neustadt war eine reine Industriestadt im Hochschwarzwald – und außer der Schanze bot sie, seiner Meinung nach, einige Sehenswürdigkeiten. Es war eine Stadt mit eigenem Charme. Hier zog man nicht hin, hier wurde man mit Wetterschindeln am Körper geboren.

Die Sauna war in Handarbeit von einer renommierten Freiburger Fachfirma gefertigt worden und war ein individuelles Unikat. Er hatte seine Fantasien beim Bau dieser exklusiven Sauna ausleben können. Sie war im asiatischen Stil gebaut und bei jedem Saunagang eine absolute Herausforderung für ihn. Es war nicht selten, dass Top-Manager sich gewissen Fantasien hingaben um Stress abzubauen, so tat auch er dies – ganz diskret natürlich. Eine feste Partnerin hatte er nicht, wofür auch, alles was er brauchte konnte er sich bei Bedarf kaufen, eine feste Bindung störte nur seinen extrem durchstrukturierten Tagesablauf. Das konnte er nicht gebrauchen. Auch wenn sein kranker, alter Vater etwas von Familientradition faselte und er nun endlich einmal mit der Familienplanung beginnen sollte. So ein Blödsinn, Kinder waren nervig und nur ein Kostenfaktor. Sicher, sein Vater hatte das Unternehmen mit sehr viel Leidenschaft aufgebaut und er, der Sohn, hatte sich nur ins gemachte Nest gesetzt. Hier saß er jetzt sehr gemütlich.

Der Tag war wie immer extrem gut, er hatte seine Sprüche rausgehauen, war mal wieder in Tagesbestform und die Dumme, die Kleine, die Dürre aus dem Büro hatte er auch mit dem Spruch: „Sie werden bald durch eine Zimmerpflanze ausgetauscht", zum Weinen gebracht. Schwach war sie eben, wie alle in dem Laden. Denen würde er noch Beine machen, schließlich war er hier der Boss, wenn auch noch nicht auf dem Papier, aber auch das würde sich bald ändern. Sein Herr Papa hatte keine andere Wahl, er würde ihm die Firma überschreiben müssen, so viel stand fest. Es war nun an der Zeit den Generationenwechsel vorzunehmen.

Wie immer trank er noch ein Tannen Zäpfle, ein Bier aus Deutschlands höchstgelegener Traditionsbrauerei im Hochschwarzwald, bevor er in seinen Entspannungs-Tempel, die Sauna, ging. Warum dieses Gersten- und-Hopfen-Gebräu Tannen Zäpfle genannt wurde war ihm schleierhaft, zierte das Flaschenetikett doch Fichtenzapfen. Irgendwie hatte er das Gefühl, als wäre diese Flasche schon einmal offen gewesen. Das konnte aber nicht sein.

Einer seiner Angestellten, Uwe, der fleißigste von den Faulen, brachte ihm hin und wieder einen Kasten mit. Von Uwe hielt er viel. Der Bursche bereicherte das Unternehmen. Hatte er doch tatsächlich aus freien Stücken heraus einen Betriebshelfer Kurs gemacht. Dem Geschäft zuliebe. Uwe hatte sich als Ersthelfer bereits mehrfach bewährt. Das war ein guter Junge, der würde ihm auch kein schlechtes Bier unterjubeln wollen. Und dennoch: Der Geschmack war nicht so erfrischend wie immer. Sicherlich irrte er sich, wer hätte die Flasche denn öffnen sollen und warum? Die dumme Putzfrau Alma, die nicht einmal zum Putzen zu gebrauchen war, in ihrem senilen Alter.

Er hielt nur an ihr fest wegen der attraktiven Tochter Olga. Ja Olga war eine Augenweite mit ihren langen Beinen. Sie war groß, dürr und unglaublich attraktiv. Manchmal traf er sich mit ihr, sie beherrschte die Kunst der Fesselspielchen. Sie war grob und fügte ihm gerne Schmerzen zu. Sie tauschten nie Intimitäten aus. Alles lief mit Abstand ab. Kein Kuss, keine zärtlichen Berührungen.

Stattdessen brachte Olga die Peitsche mit, führte ihn mit der Leine herum und demütigte ihn. Er wollte und brauchte das. So baute er seinen Stress ab. Darauf stand er – besonders stand er auf ihre spitzen Absätze, wenn sie diese ganz langsam in sein männliches Begattungsorgan drückte. In einem Altersheim arbeitete sie, nicht weit von seiner Firma entfernt – auf Abruf sozusagen. Sie verdiente nicht schlecht an ihm. Seine abartigen Fantasien hatten ihren Preis. Für Olga war es eine sehr gute Verdienstmöglichkeit. Er war sehr spendabel, was sein Laster anbelangte. Ihre Mutter war schon die Reinigungsfrau seines Vaters. Olga und Alma mussten nach altem Brauch die Oma finanziell unterstützen, so erzählte sie es ihm.

Die schöne Olga arbeitete im gleichen Altersheim, indem ihre Oma Lydia auch untergebracht war. Als Pflegerin war sie sehr sensibel und liebevoll. Nach Feierabend tauschte sie ihre Gesundheitsschuhe gegen Lack und Leder. Sie war jung und brauchte das Geld. Die Kosten für die Unterbringung ihrer Oma waren hoch.

Oma Lydia hatte sich in ihrem Leben alleine herumschlagen müssen. Ihr Mann Karl hatte sie verlassen als sie gerade mit ihrer Tochter schwanger war. Doch sie hatte es auch alleine geschafft mit ihrer Tochter, der sie den Namen Alma gab.

Nein, Olga hatte ihm sicherlich auch nichts ins Bier gemischt. Das ergab ja auch keinen Sinn. Erneut setzte er an und trank es, das kühle und erfrischende Getränk mit Qualitätsmalz aus der Region.

Die Temperatur der Sauna betrug optimale 90 Grad Gartemperatur. Ihm war komischerweise etwas übel und schwindelig, was er so nicht kannte, aber das würde sich schon legen. Er drehte nach einer exakten viertel Stunde die Sanduhr in der Sauna, bereitete einen ersten Kräuteraufguss vor, goss das Wasser mit dem ätherischen Öl auf die Steine des Saunaofens und genoss den Duft nach Salbei, Minze und Rosmarin. Tief atmete er ein und wieder aus. Er saß auf dem nassgeschwitzten Saunahandtuch – dann atmete er noch einmal aus, bevor er etwas teilnahmslos wurde.

Eine plötzliche Müdigkeit überkam ihn, so legte er sich unfreiwillig auf der Holzliege hin und sackte zusammen.

Die erste die ihn fand war Alma, die Putzfrau. Sie reagierte vorbildlich, schaltete die Sauna aus und riss die Türe auf. Anschließend schleppte sie den benommenen Timotheus mit einem gekonnten Rettungsgriff aus der Sauna heraus, legte ihn auf den Boden und begann ihn mit kalten Tüchern zu kühlen.

Weit weg vom Herzen kühlte sie ihm die Hände und Füße und tastete sich langsam an den Körperkern heran. Alma machte anschließend Wadenwickel. Bei Anzeichen eines Hitzschlages war immer der Rettungsdienst zu rufen. Das hatte Alma einmal in einem Erste-Hilfe-Buch gelesen. Sie rief den Notruf und eilte rasch wieder zu Timotheus.

„Der hat noch Glück gehabt, beim Letzten war zwischen den Holzlamellen das Körperfett durchgetropft, der Garprozess hatte viele Stunden gedauert, bis man ihn fand", sprach ein Sanitäter zu seinem Kollegen.

„Immer das Gleiche, erst saufen sie und dann gehen sie in die Sauna", sprach der andere.

Die Rettungssanitäter waren schon zu Gange. Sie versorgten den unter Bewusstseinsstörungen leidenden Körper. Timotheus hatte lebensbedrohliche Hitzeschäden. Zu lange lag er in der überhitzten Sauna, was zu einem Wärmestau führte.

Diese langfristige Hitzeeinwirkung verursachte das Versagen der körpereigenen Temperaturregulationsmechanismen. Die Folge war ein Anstieg seiner Körpertemperatur auf über 41 Grad. Es bestand Lebensgefahr. Nun musste man die Vitalfunktionen sichern und ihn langsam herunterkühlen.

„Mein Gott, er wäre fast gestorben", flüsterte die Putzfrau Alma dem Senior-Chef Reinhard zu, als sie den Junior so blass und klebrig am Boden vor den Sanitätern liegen sah.

„Beim nächsten Mal kommst du mir nicht davon", dachte sich der Senior-Chef Reinhard und nahm Alma kurz in den Arm.

Die Reinigungsfrau war für den Senior-Chef mehr als nur die gute Seele im Hause. Sie war in den letzten Jahren ein Teil seines Lebens geworden. Ihre schöne Tochter Olga war ein Ausrutscher, ein Betriebsunfall sozusagen. Nicht geplant aber dennoch sein Kind aus Fleisch und Blut. Mit ihren zwanzig Jahren strotzte sie vor Vitalität und verdrehte der Männerwelt die Augen.

 Er hatte sie im Testament bedacht, öffentlich wollte er sich noch nicht zu ihr bekennen, bis jetzt. Doch sein Sohn hatte sich derart schlecht entwickelt, und würde so die Firma nicht erfolgreich führen können. Längerfristig musste also eine andere Lösung her. Vielleicht würde seine Tochter einmal den Laden führen - doch dazu müsste sie sich betriebswirtschaftliches Wissen aneignen.

Sie hatten gerade damit begonnen, das hässliche Graffiti an der Häuserwand in der Stadtstraße zu entfernen, welches ein Malerlehrling hinterlassen hatte, nachdem er die bestandene Gesellenprüfung in der Tasche hatte. Der Juniorchef Timotheus hatte ihn derart geärgert, dass er ihm einen Hintern an die Häuserwand sprühte. Eigentlich war das Graffiti ganz niedlich, doch es erinnerte zu sehr an vergangene Zeiten. Es assoziierte das „Arschloch" an sich. Reinhard Krumm war mit dem Lösungsmittel γ-Butyrolacton beschäftigt, dieses Bildnis zu entfernen. Mit Chemikalien kannte er sich eben aus. Zugegeben, vermischt mit anderen handelsüblichen Substanzen war es eine gefährliche geruchs- und geschmacksneutrale Mischung, selbst als Beimischung in einem Zäpfle oder so, schmeckte man dieses Gemisch nicht gleich heraus. K.O.-Tropfen konnten sehr unangenehme Nebenwirkungen haben und waren nach einigen Stunden im Blut nicht mehr nachweisbar – und idealerweise hatte sein gehässiger Sohn eine moderne Glatzenfrisur, da kam dann auch keine Haaranalyse mehr in Frage.

Der gemeine Kerl wollte es so, da brauchte er, Reinhard, kein schlechtes Gewissen zu haben. Rund um Chemikalien kannte sich Reinhard Krumm aus. Jetzt musste ein neuer Plan her. Der Sohn hatte die Trinkmischung seines Vaters leider überlebt.

Der Junior Timotheus war erst kürzlich aus der Klinik entlassen worden, doch an seinen Gewohnheiten wollte er nichts ändern. Er war gehässig wie gehabt, steigerte seine Intrigenspielchen und schikanierte seine Angestellten ins Unermessliche. Das ging genau zwei Wochen so. Dann, an einem Dienstag, so gegen 22 Uhr, konnte er seiner heißen Sauna nicht wiederstehen. Erneut trank er ein Bier vor dem ersten Saunagang, dann ein zweites und ein drittes vor dem zweiten Gang. Aus dem Kühlschrank nahm er stets das erste Bier von links. Reinhard konnte sich darauf verlassen und würde das nächste Mal das Gebräu wieder verfeinern. Er musste nur aufpassen, wann der Sohn vorhatte zu saunieren, dann wäre die Flasche schnell präpariert gewesen.

Doch soweit kam es nicht. Timotheus, der Unbelehrbare erledigte sich alleine. Dieses Mal gab es keinen Glücksengel, der ihm half. Alma, die Putzfrau hatte an diesem Tag frei und konnte ihn so nicht wieder in der Sauna finden und retten. So verstarb er schließlich - ganz dumm war das gelaufen: Der Junge hatte einfach zu viel Alkohol im Blut. Das war der Grund, warum er in der Sauna erneut einen Kreislaufzusammenbruch bekam, das kam bereits einmal vor, woraus er nichts gelernt hatte. Offensichtlich hatte er auch am Tage seines Todes einen solchen Kreislaufkollaps und das in der Sauna – ganz alleine war der arme Junge. Man fand ihn erst am nächsten Morgen, als Alma die Wohnung pflegen wollte. Da lag er schon über 12 Stunden in der Sauna. Es hatte so erbärmlich gestunken, sie wollte nachsehen woher der Gestank kam. Da lag er dann und schien ganz weich zu sein.

Der Rettungsdienst konnte auch nichts mehr für ihn tun und nachdem die Kriminalpolizei die Spurensuche abgeschlossen hatte, nahmen ihn die Rechtsmediziner in einem Plastiksack mit.

Er fiel zusammen und war ganz los gelöst von den Knochen. Da lag er dann im Sack, der Drecksack.

Zur Endreinigung musste Vater Krumm selbst einen Tatortreiniger beauftragen. Er hatte nicht viel Spielraum zum Trauern.

Sie kamen in ihren Overalls an und begannen alles zu desinfizieren, bevor sie den Fettfleck mit Chlorbleichlauge entfernten. Eine unglaubliche Arbeit musste das gewesen sein. Nein, jede normale Reinigungskraft wäre komplett überfordert gewesen mit solch einer Reinigung. Drei leergetrunkene Bierflaschen standen auf der Küchenablage. Diese sollten auch stehenbleiben, wegen der Spurensicherung.

Kriminal-Experten nahmen die ganze Wohnung auseinander. Jeder Angestellte wurde befragt. Schließlich wurde die Sauna von Fachleuten untersucht und anschließend mitsamt dem Estrich als Sondermüll entsorgt. Das pathologische Expertenteam stand unter Zeitdruck. Personalmangel herrschte zurzeit in dieser Berufssparte.

Ein hoher Krankenstand kam in diesen Wochen erschwerend hinzu – zusätzlich musste noch ein wichtiger Mordfall eines kleinen Kindes geklärt werden.

Man kam im Eilverfahren zu dem Entschluss, dass es sich, wie beim ersten Mal auch, hier um ein fahrlässiges Verhalten des Junior-Chefs gehandelt habe und er daher an Kreislaufversagen mit Herzstillstand verstarb. Ein Fremdverschulden konnte soweit ausgeschlossen werden. Der Sohn war angetrunken in der Sauna eingeschlafen und starb an den Folgen der massiven Hitzeschäden.

Die komplette Wohnung sollte renoviert werden. Die Reinigungsfrau Alma und Tochter Olga würden bald einziehen. Vater Krumm ließ die Büroräume umgestalteten. Helle, freundliche Personal- und Büroräume entstanden, denn nun leitete er, Reinhard Krumm, wieder diese Firma. Seine neue Auszubildende Olga bekam einen Schreibtisch in seinem Büro. Sie hatte viel Freude an der Ausbildung und war bei den Kollegen sehr beliebt.

Das Arbeitsklima war hervorragend. In ihrem Büro hing ein kleines eingerahmtes Blatt Papier mit den Worten des Aristoteles: „Freude an der Arbeit lässt das Werk trefflich geraten".

Sie hatte ein kleines, schwarzes Büchlein mit netten Lebensweisheiten von ihrer Oma Lydia zum Ausbildungsbeginn geschenkt bekommen. Daher rahmte sie ihr Lieblings-Zitat daraus ein. Einige Seiten waren bereits beschriftet. Sie würde das kleine Buch ihrer ehemaligen Arbeitskollegin und Freundin Elena Tribolium aus Bulgarien weiterschenken, diese hatte mittlerweile den Arbeitsplatz gewechselt. Das Büchlein sollte ihr auch zu einem Lebenswandel verhelfen. Sie war nun in der mobilen Pflege und hatte so bessere Verdienstmöglichkeiten.

Mit 66 Jahren fängt das Morden an

Mit 66 Jahren gehörte man noch lange nicht zum alten Eisen. Florence war ihren Pflegern geistig hoch überlegen, selbst ihren Arzt musste sie oft verbessern, wenn seine Diagnosen und Behandlungsmethoden nicht ihren Erkenntnissen entsprachen. Wie gerne hätte sie Medizin studiert und die Landarztpraxis ihres Großvaters übernommen, doch wer als weibliches Kind eines alkoholkranken, französischen Diplomaten geboren wurde hatte kein Recht auf ein Medizinstudium. Der Großvater, ein gutmütiger Landarzt aus dem Elsass, hatte im 2. Weltkrieg Glück, nicht des Landes verwiesen oder deportiert zu werden, da Ärzte aus der Not heraus gefragt waren. So durfte er seine Praxis behalten und weiter praktizieren. Florence war von klein auf immer an seiner Seite, er lehrte ihr die Kunst der Medizin. Kinderbücher fand sie schon von klein auf langweilig, sie wollte echte Geschichten erleben und keine ausgedachten Fantasie-Geschichten vom Fräulein Ungestüm oder den 10 Negerlein hören. Ja, „Negerlein" durfte man damals noch sagen und „Mohr" auch.

Gerade jetzt wurde Florence von einer Pflegerin gewaschen, die einem dieser „Negerlein" aus einem dieser Kinderbücher aus dem 20. Jahrhundert ähnelte. Nicht dass die Pflegerin afrikanisches Blut in den Adern hatte, nein vielmehr lag sie zu oft und zu lange auf der Sonnenbank herum und ließ sich bruzeln, wie ein Hähnchen im Backofen. So sah die Haut nun auch aus: verbruzelt. Ihre langen, ekligen, schwarz-lackierten Fingernägel glichen schwarzen Käfern. Florence musste es über sich ergehen lassen, Tag für Tag. Dieses Insekt war eine Zumutung für einen pflegebedürftigen Menschen. Frau Tribolium kam aus Bulgarien, hatte gerade mal 25 Jahre auf dem Buckel und putzte sich vor jeder Schicht so heraus, als wäre sie 13 und Stammkundin im Billigdiscounter. Mit Hot Pants bedeckte sie gerade mal das Nötigste, der Zellulite Haufen quoll seitlich aus der gebleichten Jeans-Pants heraus. Der tief ausgeschnittene Stofffetzen, der nur die Hälfte ihrer hängenden Brüste bedeckte, glich dem Muster eines Spüllappens aus den 60er Jahren. Ihr Gesicht war über der verbruzelten und runzeligen Haut mit ganz viel Billig-Makeup bedeckt.

Die durchnächtigten Augenlider wurden unfachmännisch in den grellsten Farben bemalt, um auf diese Weise Schwellungen und Falten zu bedecken. Farbreste schwammen auf der Iris herum und verteilten sich auch einmal gerne unter den Augen. Sie flossen gerade bei wärmeren Temperaturen in Richtung Nasenflügel. Hier umflossen sie den Nasenring und landeten schließlich wieder auf dem faltigen Hals. Auf die Frage: „Wie alt schätzen Sie mich Frau Bernard?", konnte Florence nur antworten: „Das kann ich nicht beurteilen, sie sind zu künstlich". Hierauf folgte ein zickiges: „Das ist mir sowieso egal, wie sie mich finden, Sie fette Alte". Das war sie tatsächlich: fett – aber nicht alt oder senil. Beim Pflegedienst eine Beschwerde einzulegen war so gut wie aussichtslos. Schon des Öfteren hatte sich Florence beschwert und als Antwort bekam sie: „Ach Frau Bernard, wir können doch froh sein, dass wir überhaupt noch Pflegepersonal bekommen, niemand möchte diese Drecksarbeit machen und mal ehrlich, bei ihrer Leibesfülle brauchen die Pflegerinnen fast doppelt so lange."

Ja so war das, Florence war leider ein Teil dieser fetten Drecksarbeit geworden: fett, pflegebedürftig, hilflos.

Aber niemand hatte das Recht mit ihr derart menschenunwürdig und frech umzugehen, niemand. Florence brachte es auf stolze 242,4 Kg Lebendgewicht und es sollten noch mehr werden, soviel stand fest, denn sie hatte einen Plan und wollte noch etwas Sinnvolles in ihrem Alter tun: essen! Es war schon fast wie eine Droge. Die leckeren Zusatzstoffe in den Lebensmitteln sorgten schon für diese Hunger-Attacken – und das 24 Stunden am Tag. Florence war auf Hunger programmiert. Je mehr sie aß, desto größer wurde ihr Appetit – und das war gut so, sie brauchte ihr Gewicht noch.

„Drehen, Sie fette Kuh", keuchte die hässliche Pflegerin mit ihren Käfer-Nägeln, welche ebenso mindestens 10 Kilogramm Übergewicht mit sich herumschleppte. Sicherlich war es mühsam, sie zu waschen und anzukleiden, aber alleine konnte Florence sich nicht einmal die Schuhe anziehen, sie kam einfach nicht runter. Jeder Schritt war eine Qual, am liebsten lag sie nur im Bett oder auf der Couch herum, sah Fernsehen oder stopfte sich Essen in den gierigen Schlund. Das gab ihr dann immer so ein zufriedenes und geborgenes Gefühl. Sie liebte jede Speise, auch wenn der Preis für diese Fresserei ein hoher war.

Ihr Body-Mass-Index war größer als 40. Das galt als starker Adipositas, also stark fettleibig. Ihre Nieren würden bald nicht mehr richtig funktionieren und für ihr Herz war dieser Zustand ebenfalls eine Belastung, doch Florence liebte ihren Körper, ihr kleines Gefängnis. Ihr Gewicht bestimmte ihren Tagesablauf, seit ihr Großvater verstorben war und sich die Hoffnung auf ein Medizinstudium im Nichts auflöste. Da war sie gerade einmal 19 Jahre alt. Ihr alkoholkranker Vater verkaufte daraufhin die Praxis und Florence sollte eine Lehre zur Bürokauffrau machen und anschließend den alleinstehenden, aber soliden und wohlhabenden Geschäftsmann Ludwig aus der Nachbarschaft heiraten. Sie hasste den Gedanken daran und begann aus lauter Kummer zu essen. Die Hochzeit fand trotzdem statt, und das Hochzeitskleid musste maßangefertigt werden. Ludwig belohnte sie hierfür mit einem Luxusleben.

Das mit dem Luxusleben war lange her, Ludwig ging mit seiner Firma pleite und kurz darauf flüchtete er sich aus dem Leben mit einer anständigen Menge Schlaftabletten. Seither wohnte Florence in einer kleinen Wohnung in Schluchsee zur Miete.

Jede Bewegung schmerzte. Doch ihre Leibesfülle war ihr persönlicher Schutzwall, somit war sie unverletzbar, was dumme Sprüche anbelangte. Diese dummen Sprüche von Frau Tribolium würde sie sich nicht mehr lange anhören müssen, soviel stand fest. Das Leben konnte doch nicht nur aus Demütigungen bestehen. Am liebsten streckte die dumme Kuh ihr so ein blödes Buch mit schlauen Zitaten unter die Nase. Der letzte Spruch, den sie ihr lachend vorlas lautete: „Mit zunehmendem Alter wird man so richtig knackig: Mal knackt es hier, mal knackt es dort." Er musste wohl von Marcello Mastroianni gewesen sein.

Es war mal wieder Duschtag. Jeder Duschtag war eine Schikane sondergleichen, Florence musste sich mit aller Kraft aus dem bequemen Bett herausquälen und sich bis ins Bad schleppen. Die Pflegehelferin half ihr nicht.

Diese telefonierte stattdessen lieber mit Freundinnen und verabredete sich für nächtliche Ausflüge.

Jeder Schritt schmerze beim Laufen. Hausschuhe passten Florence schon lange keine mehr über ihre aufgequollenen Füße, und ein Nachthemd, welches wie ein Flügelhemdchen genäht war, warf sie immer nach dem Anziehen im hohen Bogen aus dem Bett. So lag sie die meiste Zeit nackt im Bett oder auf der Couch. War ihr doch egal, sollten die Pfleger doch glauben, was sie wollten. Sie war hier zu Hause. Nackt schleppte sie sich ins Bad und brauchte eine gefühlte Ewigkeit mit unzähligen Verschnaufpausen. Obwohl ihre Wohnung gerade einmal 40 Quadratmeter groß war und der Weg ins Bad an sich nicht allzu lang war – unter normalen Umständen. Sie befand sich aber keineswegs in einem Normalzustand, sie wog an diesem Tag auf der Adipositaswaage mit extra großem Wägebereich 243,5 Kg. Die gesteigerte Nahrungsaufnahme hatte sich gelohnt, sie hatte nochmal ordentlich an Gewicht zugelegt, das müsste reichen, dachte sich Florence. Die Pflegerin, Frau Tribolium wanderte telefonierend hinter ihr her, ganz lässig.

Sogar eine Zigarette paffte sie noch, obwohl der hässliche Käfer unter Asthma litt.

Sie hatte ihr mal ganz stolz dieses Notfallspray gezeigt, welches man ihr bei einem Asthmaanfall verabreichen sollte.

„Ja klar Olga, war toll auf dem Seenachtsfest. Der letzte Sekt war einer zu viel, ich bin jetzt noch benommen. Wir sehen uns heute, gleiche Zeit, gleicher Ort. "

Nach dem Telefonat schnippte Elena die Zigarettenasche provozierend auf den Boden und drückte anschließend die ganze Kippe mit ihren billigen Gesundheitsschuhen auf dem neuen Linoleumboden im Gang aus.

„Das wischen sie später wieder weg, in meiner Wohnung wird weder geraucht, noch Zigarettenasche auf dem Boden verteilt", sagte Florence im hechelnden aber bestimmten Ton.

„Das können sie vergessen, sie Walross, bewegen sie sich doch selber, dann können sie mal abspecken. Ich habe nicht vom Altersheim in Neustadt zur mobilen Pflege gewechselt, um mich jetzt von einer Alten herumkommandieren zu lassen."

Der würden die Worte schon noch in ihrem frechen Mundwerk steckenbleiben, dachte sich Florence.

Die Duschkabine war eine Maßanfertigung eines netten Sanitärfachhändlers aus Schluchsee. Nachdem Florence aus der alten Duschkabine nicht mehr ohne fremde Hilfe heraus kam und steckenblieb, musste das Bad komplett umgebaut werden. In diesem Zuge wurde dann auch gleich noch die alte Toilette durch eine neue mit einem intimen Duschsystem ersetzt. Das kostete ein Vermögen, doch alleine konnte sie ihrer Körperhygiene nicht mehr nachkommen. An den Tag erinnerte sie sich noch gut, sie steckte über eine Stunde in der Duschkabine fest, obwohl sie einige Male den Hausnotruf über einen mobilen Sender, den sie um den Hals trug, betätigte. Immerhin konnte sie während der Wartezeit damals durch ihr Badezimmerfenster den wunderschönen Schluchsee, einen Stausee, betrachten. Es war der größte See im Schwarzwald.

Bis der langersehnte Pflegedienst kam und sie aus der Duschkabine befreite, fuhr Kapitän Toth mit der MS Schluchsee zweimal an der Uferpromenade vorbei.

Das Weib stand nun direkt vor ihr um sie rückwärts in die neue Duschkabine reinzuschieben.

„Mach schon, Specki, ich habe nicht den ganzen Vormittag Zeit", sagte sie und gab Florence einen Schlag auf deren fetten Bauchring.

Den Schlag spürte Florence nicht, da konnte die Pflegerin lange herumschlagen, das Fett war wie eine Schutzschicht.

„Ja, ich erlöse sie gleich, kleinen Moment noch", sagte Florence, stützte sich an der Duschwand ab, stemmte ihre großen Brüste nach vorne und warf sich mit ganzem Gewicht auf den Pflege-Käfer.

Ein Schrei – ein dumpfer Aufschlag auf dem weichen Fußvorleger – dann presste sich Florence breitbeinig mit all ihrem Gewicht gegen das strampelnde Pflegemonster.

„243,5 Kilogramm schwabbeliges Körpergewicht müssten reichen", sprach Florence leise und presste, so fest sie konnte.

„Die Zukunft hatte viele Namen. Für die Schwachen war sie die Unerreichbare, für die Furchtsamen war sie die Unbekannte, für die Tapferen war sie die Chance." Wie Recht Victor Hugo, ein französischer Schriftsteller doch hatte.

Ein Unglück, ein unglückliches. Sowas passierte manchmal eben, wenn man hilflose Pflegebedürftige nicht richtig stützte – und sie wäre wirklich gerne von ihrer netten Pflegerin heruntergestiegen, doch sie konnte sich selbst nicht alleine bewegen und musste auf Hilfe warten. Warten konnte manchmal so lange dauern - obwohl Florence den Sender für den Hausnotruf um den Hals trug konnte sie dieses Mal bedauerlicher Weise keinen Notruf absetzen. Unglücklicherweise hing der mobile Alarmknopf über ihrer rechten Körperhälfte und die Kordel hatte sich leider verdreht, da hätte Florence niemals drankommen können.

Da lagen sie nun und unzählige Minuten der Schockstarre vergingen. Der armen Frau Tribolium aus Bulgarien konnte niemand mehr helfen und unter der Last einer fettleibigen Frau erdrückt es sich leicht.

Sie war dann wohl erstickt oder an inneren Blutungen gestorben, so genau war das nicht erläutert worden, obwohl man sie in der Rechtsmedizin obduzierte. Scheinbar hatte der Rechtsmediziner noch Restalkohol festgestellt, sicherlich hatte sie die letzte Nacht noch so richtig wild abgelebt beim Seenachtsfest in Schluchsee und war deshalb so unachtsam. Jedenfalls war sie scheinbar noch am Vortag bei diesem Fest, das bestätigte ihre Freundin Olga.

Florence, die Arme, musste sich jetzt erst einmal erholen von dem Schreck. Der Pflegedienst vermisste irgendwann einmal die unpünktliche Pflegerin und schickte einen zweiten Pfleger los, um nach dem Rechten zu sehen. Diese konnte seine Kollegin zwar finden, allerdings nicht mehr viel für sie tun. Der Rettungsdienst wurde alarmiert. Die jungen Rettungssanitäter waren überfordert von der Unglücksstelle und mussten zuerst die Feuerwehr zur Hilfe rufen. Die stark beleibte Frau Bernard ließ sich kaum von ihrer Pflegerin heben. Letzten Endes war es dann die Feuerwehr, die dem Rettungsdienst zur Hilfe eilte, um mit vereinten Kräften die 243,5 Kilogramm mittels Gurt und Seil anzuheben.

Dem Notarzt bot sich ein seltenes Bild: eine verletzte, stark übergewichtige, nackte Verunfallte und eine tote, stark mit Schminke verschmierte Pflegerin im Rotlicht-Outfit.

Der Transfer von Florence ins Krankenhaus gelang nur über den Balkon, mit einem Kran, da sie nicht mehr laufen konnte und die Trage vom Rettungsdienst für ihr Gewicht ungeeignet war. Man stelle sich mal den Aufwand vor und die gaffende Nachbarschaft. Das kam schließlich nicht alle Tage vor. Nachdem der Arm im Krankenhaus versorgt, sprich geröntgt und eingegipst wurde, beschloss man die traumatisierte Florence mit zusätzlichem Verdacht auf Schleudertrauma, erst einmal mit psychologischem Beistand und einem netten, jungen Klinik-Pfleger zur Beobachtung in der Klinik zu belassen. Das schmale Bett musste Florence in Kauf nehmen, es gab leider keine extra breiten Betten im Krankenhaus.

Während des Krankenhausaufenthaltes wurden intensive Gespräche mit einer Ernährungsberaterin geführt. Das Essverhalten von Florence wurde genauer unter die Lupe genommen.

Die Ernährungsberaterin ging dabei sehr einfühlsam auf ihre Patientin ein und konnte sie davon überzeugen, etwas in ihrem Leben zu ändern. Florence war fest entschlossen ihr Körpergewicht wieder stark zu reduzieren und eine Adipositas-Kur anzutreten, ihrer Gesundheit zuliebe. Um Discounter und Fast Food Produkte würde sie künftig einen großen Bogen machen. Das gesundheitsbewusste Einkaufen fand nun auf dem Wochenmarkt statt - wo sich Genießer und bewusste Feinschmecker trafen und ein buntes Treiben herrschte. Sie bewegte sich auch immer öfter. Von Schluchsee fuhr sie am liebsten nach Hinterzarten. Sie hatte sogar schon das Moor umrundet. Darauf war sie besonders stolz. Hier hatte sie bei dem Spaziergang sogar das blöde Spruchbuch ihrer ehemaligen Pflegerin in einem Mülleimer entsorgt. Sie hatte es extra ganz tief in den schmierigen und stinkenden Müll gesteckt, damit es ja niemand mehr herausholen würde. Wer wühlte schon im Müll herum? Niemand.

Dumm verblutet

Mit Strohhut, dem verformten grünen Baumwolle T-Shirt und seiner blauen Arbeiter Latzhose machte sich Ronny an die Arbeit. Es war ein heißer Tag, das Barometer zeigte 38 Grad an. Eigentlich zu heiß zum Arbeiten, doch Ronny bereitete seine Arbeit große Freude. Das Rasieren seines Bartes weniger, den ließ er seit zwei Wochen ungepflegt im hageren Gesicht wachsen. Nach der Sonderschule fand er bei einem Landschaftsgärtner eine Anstellung als Hilfskraft. Er wurde angelernt und die Arbeit unter freiem Himmel war genau das Richtige für ihn. Hier konnte er singen, Selbstgespräche führen, seine langen Haare zu Zöpfen flechten und Menschen beobachten. Den Bürgern von Hinterzarten war der verrückte Spanner mit geflochtener Haarpracht daher unheimlich. Ronny hatte jeden Tag die gleiche Tour in diesem kleinen, idyllisch gelegenen Luftkurort Hinterzarten im Hochschwarzwald. Inmitten satter, grüner Wiesen und unendlich scheinenden Wäldern. In dieser malerischen Kulisse arbeitete Ronny.

Hier fuhr er täglich seine Tour. Diese begann beim Parkplatz am Bahnhof, direkt hinter der Feuerwehr und führte dann über die Bahnlinie durch das geheimnisvolle Moor. Die Höllentalbahn war an diesem Morgen wieder einmal pünktlich, Ronny musste am Andreaskreuz warten. Der Streckenabschnitt zwischen dem Hirschsprung und Hinterzarten zählte zu den steilsten Bahn-Strecken Deutschlands. Manchmal, wenn Ronny Urlaub hatte, fuhr er sehr gerne mit der Höllentalbahn. Einfach so mal hinab ins Tal bis nach Freiburg und dann wieder durchs Höllental nach Hinterzarten zurück, oder er setzte sich in die Dreiseenbahn und fuhr am Titisee, Windgfällweiher und dem Schluchsee vorbei.

Ronny schloss die Augen, während der Zug vorbei ratterte, dann begann sein Herz zu hüpfen, denn die Schranke öffnete sich und er konnte in sein persönliches Paradies, dem Moor, fahren. Er liebte es, wenn sich der morgendliche Schleier im Moor zu manifestieren schien. Er mochte diese unheimliche Stille und Stimmung im Moor.

Jeden Moment, den er im Moor verbringen durfte, genoss er.

Ronny fuhr am Moorrundweg entlang, betrachtete das faszinierende Wechselspiel der Farbkontraste im Moor und die Vielfalt seltener Tier- und Pflanzenarten. Die Luft war frisch und sauerstoffreich. Hier konnte er Energie tanken und dem Tag in seine wunderschönen Augen schauen – doch nun musste er zuerst in die Mülleimer am Wegesrand schauen - das war sein Job: Mülleimer leeren und die Wege sauber halten. Das war ein spannender Job. Die Menschen warfen so einiges weg. In einem Gefrierbeutel fand er einen matschigen Käsekuchen. Der hatte offensichtlich nicht mehr geschmeckt. Ronny öffnete den Beutel, steckte seine Nase hinein und zog ganz tief den Geruch in sich hinein.

Ohne Zweifel wurde der Kuchen mit ganz viel Liebe und den besten Zutaten gebacken. Er steckte den Zeigefinger in den Beutel, dann drehte er ihn hin und her in der matschigen Käsemasse. Das Kondenswasser des Beutels tropfte an Ronnys Handrücken hinunter.

Er zog den Finger aus der Masse heraus und schleckte ihn genüsslich ab. Ein Fahrrad kam des Weges. Mit rasantem Tempo fuhr es den schmalen Kiesweg entlang und bremste abrupt hinter Ronny. Ronny erschrak, die Tüte fiel zu Boden. Da ergriff Ronny Panik. Er ließ die Tüte am Boden liegen, stieg hastig in seinen kleinen Transporter und fuhr davon.

Am Grillplatz unterhalb der Klinik machte er Halt, um den Müll rastender Wanderer vom Vortag aufzuräumen, dann leerte er den Mülleimer auf dem großen Wanderparkplatz und schüttete alles in einen großen, blauen Müllsack. Auch hier gab es allerlei interessante Dinge zu betrachten.

Mit der einen Hand hielt er den Müllsack, mit der anderen Hand öffnete er die Träger seiner Latzhose.

Er griff nach seinem fleischigen Hosenfreund und entleerte seine Blase im Gebüsch. Auch das musste sein.

Im Mülleimer fand Ronny ein kleines, schwarzes Buch mit Lebensweisheiten.

Es waren viele nette Zitate, auch wenn er den Sinn nicht immer verstand. Er trocknete es an seiner Hose ab, entfernte einige Essensreste und nahm es an sich.

Auf der Freiburger Straße ging die Fahrt mit dem Kleintransporter und den Müllsäcken auf der Pritsche weiter. Am Kurhaus bog er rechts an der großen Kastanie ab und fuhr Richtung Naturerlebnispfad. Es war bereits Mittagszeit. Er befand sich gerade am Spielplatz hinter dem Kurhaus und beschloss die wohlverdiente Mittagspause einzulegen. Wie immer, parkte er den kleinen orange farbenen Ape-Transporter unter einer Schatten spendenden Birke.

Hier parkte er immer, wenn er den bepflanzten Schutzwall vor den Einfamilienhäusern zu pflegen hatte. Heute wollte er mal wieder mit seinem Rechen am Schutzwall richtig für Ordnung sorgen – doch erst nach der Pause. Das große, rote Haus hinter dem Schutzwall, das ihm besonders gut gefiel, hatte nicht nur eine interessante Architektur, sondern auch interessante Bewohner.

Der eine war männlich, groß, dürr, blond, mit bleicher Miene, er war wohl Architekt und immer nur in seinem Büro beschäftigt, daher war er so blass. Die andere Bewohnerin war Arzthelferin in Neustadt, weiblich, groß, athletisch gebaut, nahtlos gebräunt und hatte eine wilde, blonde Löwen-Mähne. Das mit der Nahtlosigkeit wusste Ronny deswegen, weil er sich immer im Schutze des Walls im Gebüsch versteckte und das weibliche Wesen beim Sonnenbaden beobachtete. Das durfte er, das war schließlich in seiner Mittagspause und nicht während der Arbeitszeit. „Numme luege, nid afasse", hatte ihm seine betagte Mutter immer gesagt, daran hielt er sich. Zwischen ihren Bergen aus Fleisch und Blut hing ein feuerroter Rubinstein in Herzform.

Ronny war eine begehrte und günstige Arbeitskraft. Nach Dienstschluss oder in seinen Mittagspausen baten ihn einige Hausbesitzer, den Rasen privat zu mähen oder sich um das Blumenbeet zu kümmern, obwohl sie ihn nicht mochten. Auch der große, dürre, blasse Architekt bat ihn einmal darum, was er auch gerne machte.

So kam er dem schönen, braun gebrannten Wesen im Liegestuhl noch näher. Doch letzte Woche, es war inmitten einer kleinen Hitzeperiode, hatte ihn der blasse Architekt mitten im Wohnzimmer erwischt und ihn angeschrien, er solle sofort das Haus verlassen und nie wieder dieses Haus betreten, er sei schließlich nur für die Gartenarbeit zuständig. Das war gemein, denn er wollte doch nur etwas Wasser mit der Gießkanne aus der Küche holen. Die Regentonne war leer und die Pflanzen schienen so durstig zu sein. Die weibliche Schönheit hätte es ihm erlaubt, da war er sich sicher.

Ronny stand nun in der Hecke, er musste heute keinen Garten pflegen, wollte aber trotzdem die schöne Frau beobachten, in seiner Pause. Die Schönheit war nicht da, dabei hatte er sich so darauf gefreut sie mal wieder zu sehen und mit seinen Augen über ihren Körper zu gleiten, so wie er es mit der Moorlandschaft tat. Er kannte jede Stelle, jede Rundung, jeden Leberfleck und im sanften Sommerwind roch er sie sogar. Doch heute war sie nicht da.

Es duftete heute nicht nach sonnengebräunter Haut und frischer Erde.

Im Wohnzimmer stand nur der dünne, blasse Architekt. Diesmal hatte er in der linken Hand eine Rotweinflasche, einen Spätburgunder – in der rechten Hand hielt er einen von diesen alten Korkenziehern mit Wurzelgriff, sehr antik. Er drehte den Korkenzieher hastig in den Korken rein und versuchte so die Flasche mit dem edlen Tropfen vom Kaiserstuhl zu öffnen. Er stellte sie auf den kostbaren Design-Glastisch, hob und zog - nichts geschah. Er ärgerte sich – dann klemmte er die Flasche zwischen seine Oberschenkel und versuchte es erneut. Er zog mit aller Gewalt, doch der Stoff seiner teuren, weißen Markenhose brachte nicht den nötigen Halt. Er rutschte ab, brach dabei den Flaschenhals ab und rammte sich den Unterarm in den abgebrochenen Flaschenkorpus. Ronny kannte das was dann passierte aus vielen seiner Lieblingsfilme. Da spritzte auch immer dieses Kunstblut zur Verstärkung der Effekte. Er hatte sich erkundigt, bei den blutigen Szenen benutzten die Profis im Film kleine Blut-Pumpen.

Mit diesen Pumpen konnte man die Effekte verstärken. Doch hier war es kein Kunstblut und es war Realität und die weiße Hose war einmal weiß. Ronny hatte im Geschäft eine Erste-Hilfe Einweisung bekommen, immer und immer wieder, weil es gerade in seinem Beruf zu unangenehmen Verletzungen kommen konnte.

Doch was half ihm die Einweisung, wenn er in diesem Haus Hausverbot hatte. Der dürre, blasse Typ hatte ihn schließlich letzte Woche rausgeschmissen und geschrien, er solle sofort das Haus verlassen und es nie wieder betreten. Ronny hielt sich an Befehle, er durfte das Haus nicht mehr betreten, nie wieder, basta!

Der dünne, blasse Typ rannte von rechts nach links, scheinbar wusste er sich nicht zu helfen, sonst hätte er gewusst, dass stark blutende Wunden noch stärker bluten, wenn man durch Hin-und-her-Rennen den Blutdruck steigerte. Er hatte Augen, so groß und starr wie ein Schellfisch. Die Flasche ließ er fallen und rannte dann weiter im Haus. Er rannte in die Küche, dann über die große Holztreppe in den ersten Stock.

Schließlich rannte er ins Bad. Das Haus war sehr durchsichtig, die Glasfronten wurden von keinen Gardinen oder dergleichen verdeckt. Es war wie ein großer Glaskasten, man sah fast in jedes Zimmer rein. Der dünne, blasse suchte offensichtlich Verbandsmaterial und fand es nicht. Zu dumm, dass das schöne weibliche Wesen ihm nicht helfen konnte, da sie nicht da war – nur er, Ronny, war da. Er durfte ihm aber nicht helfen. „Druckverband", sagte Ronny vor sich hin. „Ruhig bleiben, nicht viel bewegen, Arm hoch und Druckverband." Ronny ging einige Schritte aus dem Gebüsch heraus und lief über den satten grünen Edel-Rasen in Richtung Haus. Vor der geöffneten Glastür am Wohnzimmer blieb er stehen.

Er hätte rein gehen können um ihm zu helfen, doch er durfte ja nicht. Es musste oben im Badezimmer sehr turbulent zugehen, es polterte und der dürre, blasse schrie herum. Dann stürzte er wieder die Treppe herunter, diesmal etwas langsamer. Der dürre, blasse war noch blasser als sonst und mit dem offenen pulsierenden Unterarm versprühte er jede Menge Blut.

Es sah aus, als hätte jemand mit Sieb und Pinsel überall rote Farbe verteilt. „Druckverband", schrie Ronny nun durch die offene Glastür. „Ruhig bleiben, nicht viel bewegen, Arm hoch und Druckverband." Der dürre, blasse folgte dem Ruf, dann erblickte er Ronny, riss die Augen weit auf und schleppte sich mit letzter Kraft zu ihm. Vor der geöffneten Glastür sackte er in sich zusammen und lief aus. Das Blut floss wie ein Bach und suchte sich den Weg auf dem steinernen, marmorierten Fußboden. „Blutverlust ab einem Liter Blut kann tödlich sein", stammelte Ronny vor sich hin, bevor er wieder durch das Gebüsch auf die andere Seite des Walls ging. „Druckverband", sagte Ronny leise vor sich hin. „ Ruhig bleiben, nicht viel bewegen, Arm hoch und Druckverband."

Ronny zog das Büchlein der Lebensweisheiten aus seiner Jackentasche und riss eine Seite heraus, es war ein Zitat des Herrn Saint-Exupéry: „Man muss von jedem fordern, was er leisten kann." Er hätte einen Druckverband leisten können, so schwer war das nicht.

Rassig, temperamentvoll, tot

Wegen Umzug diverse Möbelstücke günstig abzugeben. Das hörte sich gut an, Gabriele Wolkow hatte vor drei Jahren den Schritt in die Selbstständigkeit gewagt. Eine kleine Krawattenboutique in der Schusterstraße in Freiburg sollte der Beginn einer genialen Geschäftsidee sein. Die Geschäfte liefen sehr gut und nun hatte Gabriele überlegt, das Innenleben der Boutique etwas exklusiver zu gestalten. Hierfür suchte sie noch antike Möbelstücke, damit ihre Krawatten und die gehobene Unterwäsche für Männer noch besser zur Geltung kamen. Nach einem Telefonat versicherte ihr die Frau, dass die Möbel in einwandfreiem Zustand seien. Die Fahrt nach Hinterzarten konnte sich lohnen. Rasch hatte Gabriele Wolkow den Anhänger an ihrem neuen, rot lackierten Suzuki Vitara. Für den Fall der Fälle, dann konnte sie die Möbel gleich mitnehmen. Selbst war die Frau. Eine halbe Stunde später raste sie mit ihrem Allrad durchs Höllental.

Vorbei am alten Bahnhof Hirschsprung und dem anmutigen Sandsteinhaus, welches neben dem ehemaligen Gasthaus stand.

Wo einst reges Treiben herrschte, standen seit sehr langer Zeit alle Gebäude leer und warteten auf einen potenziellen Käufer. Das wäre die optimale Kulisse für einen Schwarzwald-Krimi gewesen: Der Himmel war wolkenbedeckt und eine malerisch düstere Stimmung verbreitete sich zwischen Hirschsprung und der Ravennaschlucht.

Im Luftkurort angekommen führte sie die Adresse in die Nähe des Moores. Eine sportliche Langhaar Schönheit öffnete leichtbekleidet die alte, helle Haustüre aus der Gründerzeit in Jugendstiloptik. Gabriele kannte sich aus mit solchen Schätzen, sie hatte selbst ein Faible dafür. Selbst die Zargen der historischen Türe schienen ebenso original zu sein – beeindruckend. Das Haus roch zu ihrer größten Überraschung nicht nach Bienenwachs oder Politur Öl, wie man es von Liebhabern alter Möbelstücke erwartet hätte, sondern nach Chlorreiniger.

Da musste jemand ganz gründlich geputzt haben. Gabriele stockte kurz der Atem.

Nach normalem Hausputz sah das nicht aus. Die Maler hatten überall die Tapeten heruntergerissen.

Offensichtlich musste das Haus von innen einer gründlichen Reinigung vollzogen werden, warum auch immer. Gabriele sah sich die Möbelstücke an und war begeistert. Ein Möbelschatz nach dem anderen bekam sie zu sehen. Altdeutsche Schrankvitrinen, Anrichten mit Kassetten, Hängevitrinen, alles aus Eiche massiv. Besonders angetan war sie von einer Runddeckeltruhe, die so aus dem 19. Jahrhundert stammte. Das konnte sie sich nicht entgehen lassen. Sie öffnete die Truhe und fand zwischen staubigen, undefinierbaren krabbelnden Zeitzeugen ein kleines, schwarzes Büchlein. Es schien auf den ersten Blick eine Art Notizbuch zu sein. Sie blätterte einige Seiten durch. Es war eine Zitatensammlung. Unterschiedliche Schriftbilder hatten sich hier verewigt.

Alle hatten sie auf die letzte Seite ihre Namen geschrieben: Karl, Lydia, Olga, Elena, Florence, und ganz zittrig konnte man den Namen: RONNY lesen. Darunter stand Lina. Das gefiel ihr. Sie nahm das als gutes Zeichen. Sie mochte gute Zitate.

„Das Buch lag bei uns im Garten auf der Wiese, ich fand es bei der Gartenarbeit", sagte die Schönheit.

„Die Zitate sind sehr nett", entgegnete Gabriele, die noch immer darin blätterte.

„Es hat mich eine Zeit lang begleitet. Die Sprüche sind sehr lebensnah. Jetzt brauche ich es nicht mehr, Sie können es haben, wenn Sie möchten", Lina Lorenz lächelte sanft.

„Das ist sehr nett von Ihnen, danke. Sie möchten Ihr Leben komplett umkrempeln, stimmt es?"

„Ja", antwortete Lina.

„Das finde ich mutig."

„Die einzige Freude auf der Welt ist das Anfangen. Es ist schön zu leben, weil Leben anfangen ist, immer, in jedem Augenblick."

Das war eines der Zitate von Cesare Pavese, einem italienischen Schriftsteller.

Die Schönheit wollte sich verändern, nachdem ihr Mann vor einigen Wochen in diesem Haus auf tragische Art und Weise verblutete, erfuhr Gabriele von der Besitzerin des Hauses. Das Haus mit erstaunlich vielen Fensterfronten stand zum Verkauf und die Möbel mussten, so schnell es ging, raus. Sie waren sich preislich schnell einig und Gabriele konnte nun sechs altdeutsche Möbelstücke und ein kleines, schwarzes Buch, in welches sie sich gleich verewigte, ihr Eigen nennen.

Eine Woche später hatte Gabriele die Ladeneinrichtung ihrer kleinen Boutique perfektioniert und konnte so ihre exklusive Ware optimal präsentieren. Ihr Geliebter, ein rassiger Krawatten- und Unterwäschen-Händler aus Mailand, besuchte sie oft in der kleinen Boutique, bis die richtigen Marken Modelle aus Seide ausgesucht und das heimliche Liebesleben der beiden nach Feierabend so richtig ausgelebt wurde.

Zunächst musste das Lager herhalten, oder der Geschäftswagen von Agostino, ein Porsche Cayenne. Da war er sehr flexibel. Achtzigtausend Euro war das Liebesnest auf vier Rädern mit Luxusausstattung wert.

Agostino war ein kräftiger Süditaliener, jeder seiner Muskeln kam im nackten Zustand zur Geltung. Gebürtig stammte er aus Palermo, was das feurige Temperament erklärte. Gabriele brannte förmlich in seinen Armen. Er war der perfekte Liebhaber: gut gebaut, ausdauernd, hingebungsvoll, einfühlsam und sehr diskret. Was noch viel wichtiger war für Gabriele, war die Tatsache, dass er nicht allgegenwärtig war.

Das schaffte ihr den nötigen Freiraum und war viel unauffälliger, als regelmäßige Treffen – wo doch ihr Wladimir so eifersüchtig war.

 Wladimir, ein kaltblütiger, russischer Geschäftsmann aus Moskau mit Deutschen Wurzeln verstand in Sachen Eifersucht keinen Spaß. Was ihm einmal gehörte, gehörte ihm für immer.

Doch wenn er mal wieder auf einer seiner sehr langen Geschäftsreisen war, schwebte keine schützende Hand über Gabriele, dann traf sie sich mit ihrem leidenschaftlichen Lover Agostino. Einige Male konnte er seine Cousine Olga Heinrich aus Neustadt auf sie ansetzen. Die Familie hielt schließlich zusammen, doch seit diese eine Ausbildung machte hatte sie kaum noch Zeit und seine Tante Alma war nicht mobil genug. Er müsste wieder seinen Privatdetektiv beauftragen, seine Frau während seiner Abwesenheit zu beobachten. Sicher war sicher. Der Typ hatte gute Referenzen. Den verschollen geglaubten Onkel Karl hatte er auch nach langer Suche in Neustadt ausfindig gemacht. Der Mistkerl hatte sich einfach aus dem Staub gemacht.

Fast hätte er bekommen, was er verdiente. Leider überlebte er den Unfall. Wenn man nicht alles selber machte. Stattdessen musste die alte, zittrige Tante Lydia mit der Gehhilfe zeigen, was sie drauf hat. Das konnte nur in die Hose gehen. Er hatte den Sturz natürlich schwer verletzt überlebt und wohnte jetzt in einem Altersheim in Neustadt.

Das Leben konnte manchmal so makaber sein, denn er bezog nach seinem Unfall am Kletterfelsen ein Zimmer im Altersheim direkt neben Lydia.

Bei einer der stürmischen, intimen Begegnungen mit ihrem Liebhaber im noch geschlossenen Geschäft hinter der ebenfalls altdeutschen Ladentheke, bekam Agostino auf einmal komische Anwandlungen. Er faselte was von Liebe und er wolle eine richtige Beziehung mit Gabriele. Das war zu viel, was dachte sich der Idiot? Es war abgemachte Sache, dass es bei einer Affäre bleiben würde. Sie war gerade dabei, sich ihren Traum, dank finanzieller Unterstützung ihres Mannes Wladimir, zu verwirklichen – Niemand würde sie daran hindern, soviel stand fest. Gabriele kochte vor Wut und unterbrach das intensive Liebesspiel sofort, was Agostino nicht verstehen konnte. Dass sie ein Kind mit ihm hatte berechtigte noch lange keinen Anspruch auf sie. Sie konnte das Kuckuckskind sehr gut ihrem wohlhabenden Mann unterschieben, bis jetzt.

Der hatte lange genug die Chance eines zu zeugen, der gefühlskalte Wladimir, doch offensichtlich versagten seine tiefgefrorenen russischen Spermien über zwei Jahre lang.

Diese Zeit hatte sie sich nur ihm gewidmet, doch der Kinderwunsch war so stark, dass eben ein Lover herhalten musste. Das fiel auch kaum auf, beide Männer waren dunkelhaarig und so um die 1,75 Meter groß. Sie war einfach genial und würde es auch bleiben. Durch so eine Gefühlsduselei würde sie ihren Lebensstandard nie und nimmer gefährden.

Es war nicht einfach, den offensichtlich liebeshungrigen, verliebten und gerade jetzt in seiner Ehre gekränkten Sizilianer zu zähmen, doch Gabriele schaffte es. Es machte keinen Sinn, seit seiner Liebesbekundung rief er sie oft im Geschäft an und wollte einfach keine Ruhe geben. Das musste nun anders geklärt werden, sonst würde Wladimir doch noch Wind von der Sache bekommen – das wäre fatal für alle Beteiligten.

Glücklicherweise hatte er ihre private Handynummer nicht und so blieb es beim telefonischen Kontakt über das Geschäftstelefon. So hatte sie zumindest nach Feierabend etwas Ruhe. Irgendwann stand er völlig unangemeldet vor dem Geschäft.

Sie hatten keinen offiziellen Order-Termin, oder ähnliches ausgemacht. Jetzt musste eine Lösung her, das Verhalten nervte sie mittlerweile. Sie tat so, als würde sie sich freuen, umarmte ihn im Geschäft kurz zur Begrüßung und wich seinen Küssen aus, was er weniger gut fand. Da kam ihr der Blitzeinfall.

Von ihrem Vorschlag einen romantischen Ausflug im Schwarzwald zu unternehmen, war Agostino hellauf begeistert. Es sollte noch am gleichen Tag ein wildromantischer Spaziergang in der Schlucht sein. Sozusagen als romantische Wiedergutmachung nach Feierabend. Er freute sich auf sehr übertriebene Art und Weise, rief vor dem Treffen noch einmal im Geschäft an, um sich den Weg nochmals beschreiben zu lassen.

Wladimir Wolkow war glücklicherweise auf Geschäftsreise, Wolkow bedeutete auf Deutsch: Wolf. Das passte zu ihm. Wladimir war ebenso ein Beutegreifer und gehört zur Ordnung der Raubtiere. Er lebte in der Regel in seinen russischen Familienverbänden, umgangssprachlich auch Rudel genannt.

Agostino war am Wirtshaus unter der Steig, welches man heute Hofgut Sternen nannte, angekommen. Er parkte seinen Wagen auf dem großen Parkplatz bei der Glasbläserhütte. Wie von Gabriele gewünscht hatte er bequeme, sportliche Schuhe angezogen – hellbraune Wildlederschuhe aus Palermo. Sündhaft teuer und sehr apart. Es sollte ein Abend-Spaziergang in ein schmales Seitental im Höllental werden. So genau kannte er sich auch nicht aus in dieser Gegend. Die vier Kilometer lange Schlucht wartete schon sehnsüchtig. Sie würden sich am Wasserfall treffen und er brauchte nur der Beschilderung folgen. Sie hatten sich noch kurz zuvor getroffen an diesem Parkplatz in Himmelreich.

Sie war so heiß auf ihn und rieb ihre
warmen Hände an seinen Schenkeln –

Sie würde gleich wieder verschwinden müssen, Laura von einer Freundin abholen, oder so. Der Weg wäre relativ eben, meinte sie. Gesagt getan, er marschierte los. Ein kurzer Blick nach rechts und Agostino sah den ehemaligen Galgenbühl, ein Ort mit 30 Meter Erhöhung, an welchem einst die Todesstrafe durch Erhängen vollstreckt wurde, doch das wusste er nicht und fand den Berg, der nun leicht im Nebel stand, noch majestätisch. Agostino ging weiter, kurz vor dem Einstieg in die Schlucht sah er über sich das Ravenna-Viadukt, eine Eisenbahnbrücke mit 37 Meter Höhe. Es handelte sich um die neue Eisenbahnbrücke, die erbaut wurde, nachdem die vorherige im 2. Weltkrieg von den Deutschen zum Schutz vor den Alliierten gesprengt wurde, erhob sich wie ein Tor vor dem Einstieg der Schlucht.

Das Rauschen des durchfließenden Baches Ravenna klang in der Dämmerung noch lauter. Ein schmaler Pfad führte ihn Schritt für Schritt zu seiner Liebsten.

Im Dunkeln konnte man eine alte Mühle am Wegesrand erkennen. Irgendwie fand er es auf einmal etwas gruselig, so ganz alleine in dieser Schlucht.

Der Nebel war mittlerweile ebenerdig und hüllte die Felswände auf gespenstische Art und Weise ein. Der Pfad verkleinerte sich visuell und Agostino verlangsamte sein Tempo. Hier konnte man schnell durch Abrutschen vom Weg abkommen und das wollte er auf keinen Fall riskieren. Er kramte sein Handy heraus und wollte die integrierte Taschenlampe aktivieren, an diesem schaurigen Ort. Die Kälte der Nacht verwandelte Holz-Brücken und Treppenstufen aus Eisen zu rutschigen Hindernissen. Er musste sich an den vorhandenen Eisen- und Holz-Geländern mit einer Hand heben, während er mit der anderen Hand an seinem Handy herumspielte um sich einen kleinen Lichtschein zu ermöglichen.

Zugegeben, er hatte nur diese Wildlederschuhe an und keine Wanderschuhe mit richtiger Profilsohle, aber es sollte ja eigentlich nur ein Spaziergang werden. Doch da musste er jetzt durch. Am 16 Meter hohen Wasserfall war er angekommen, seine Schuhe durften mittlerweile ruiniert sein, doch Gabriele war weit und breit nicht zu sehen und der Akku seines Handys schien langsam zu schwächeln.

Es war schon fast dunkel, warum hatten sie sich nicht früher treffen können. Auf solch eine Situation war er nicht vorbereitet. Der reißende Bach unter ihm bahnte sich den Weg in Richtung Dreisamtal. Er hatte bis jetzt knapp 330 Höhenmeter überwunden und keuchte vor Erschöpfung. Eine kleine, nette Wanderung am Abend hatte er sich anders vorgestellt.

Es war das perfekte Alibi. Sie hatte sich noch schnell eine Eintrittskarte übers Internet bestellt und gleich ausgedruckt. Die Breitnauer Kleinkunstbühne präsentierte Kabarett, Stimmakrobatik und Comedy. Die Veranstaltung war fast ausverkauft.

Niemand würde sich daran erinnern können, ob sie tatsächlich bei dieser Vorstellung im alten Pfarrhof war oder nicht, falls sie ein Alibi bräuchte. Für Laura hatte sie das zuverlässige Kindermädchen engagiert, so wie immer, wenn sie am Abend ausging – und das tat sie oft. Mal war sie tatsächlich im Kino in Neustadt, im Theater in Titisee, oder auf einem Konzert in Freiburg - mal traf sie sich mit Agostino und brauchte ein gutes Alibi – so wie jetzt. Alles war perfekt geplant. Bis ins kleinste Detail. Wladimir war auf Geschäftsreise und konnte sie so nicht stören. Falls er es doch versuchen würde, hätte er Pech gehabt. Sie hatte ihr Handy auf lautlos gestellt und Zuhause unter ihrer Kaltschaum Matratze liegen gelassen.

Sie wollte sich voll und ganz auf das konzentrieren, was gleich geschehen würde. Sie kam aus der anderen Richtung. Ihren Wagen hatte sie auf der Gemarkung Breitnau in einer Waldlichtung geparkt. Von da aus war sie in ihrem dunklen Zweiteiler und Lederschuhen in Richtung Schlucht gelaufen.

Im alten Gasthaus Ketterer am Wegesrand brannte zwar noch Licht, als sie dieses passierte, doch hierher verirrte sich um diese Zeit fast niemand. Hinter dem Gasthaus zog sie sich das erste Mal um und tauschte ihre Lederschuhe gegen Wanderschuhe ein, die ein Handwerker einmal in ihrem Geschäft vergessen hatte. Dann nahm sie ihren Outdoor-Rucksack vom Rücken und packte einen Anzug aus, den sie einmal für Wladimir zu Fasnacht gekauft hatte, zog sich eine schwarze Wollmütze über ihre dunkelbraunen, kurzen Haare und stülpte warme Arbeiterhandschuhe über ihre Hände. Sie ging den schmalen Pfad entlang, im Bachbett lagen einige Bäume quer. Die Nacht zuvor war sehr stürmisch und hatte machtlose Bäume entwurzelt. Ein Gewirr aus entwurzelten Bäumen und abgestorbenem Altholz lag auf den Wegen, dies war eine Gefahr für Leib und Leben. Gabriele beunruhigte diese Tatsache nicht.

Sie kletterte geschickt in ihrem Tarnanzug über die umgestürzten Baumstämme. Die Vibram Sohle ihrer viel zu großen Wanderschuhe gab ihr den nötigen Halt.

Ihre Schutzhandschuhe aus dem Bauhaus mit Fingerverstärkung schonten ihre zarten Hände. Sie hatte an alles gedacht. Die erosionsgefährdeten Steilhänge zeigten ihr den Weg und die düstere Stimmung an diesem Abend passte zu dem, was gleich in dieser Schlucht passieren würde. Heimat, schöne Heimat.

Das war gemein, ihn hier einfach so warten zu lassen, er fror mittlerweile und die Kälte des Nebels kroch durch seine Designer-Kleidung aus „cottone vero" von seinem Arbeitgeber, irgendeinem Nobel Designer mit dem großen G am Anfang. Im Süden brauchte man noch keine Winterkleidung und er war gerade erst wieder aus Mailand angereist und trug diese wertvolle Kleidung zum ersten Mal. „Abendspaziergang", hatte sie gesagt, „ Ganz flach, Amore." Er hätte nach den ersten Metern umkehren sollen. Schon an diesem ersten kleinen See unterhalb der Bundesstraße hätte er einfach umkehren sollen. Doch er war ihr verfallen, sie hatte Geld, ein Kind mit ihm und war einfach die Beste von allen. Die Beste von Vielen, doch wenn er bei ihr war, war sie die Einzige.

Er tastete sich vorsichtig heran, der Felsen rechts von ihm schien nass zu sein, links neben ihm war ein Wasserfall hörbar. Es gab auf der linken Seite der Schlucht keinerlei Abgrenzung. Kein Geländer, kein Draht, nur die blanken, glitschigen Felsen. Vielleicht ging doch noch ein Weg rüber auf die andere Seite des Bachbettes.

Er konnte kaum was sehen. Es war einfach zu dunkel und der Nebel erschwerte ihm zusätzlich die Sicht. Von oben sah er die 16 Meter Fallhöhe nicht, doch er durfte sie gleich hautnah betrachten. Gabriele war gerade dabei die letzte Eisentreppe nach unten zu nehmen, da rutschte sie trotz ihrer Vibramsohle auf der mittleren Stufe aus. Sie rutschte hinab, direkt auf Agostino zu. Dieser hörte seine Liebste fluchen. „Scheiße", und wollte noch ausweichen, obwohl er nichts Konkretes sehen konnte bei der Dunkelheit. Das wurde ihm zum Verhängnis. Er verlor das Gleichgewicht. Bevor er irgendwie reagieren konnte, kippte er nach links und verlor jeglichen Halt unter den Füßen.

Die hellbraunen Wildlederschuhe flogen mitsamt dem geschmackvoll gekleideten Besitzer 16 Meter in die Tiefe. Seine Schreie verhallten zwischen den moosbedeckten Felswänden und dem reißenden Sturzbach. Das Wasser hatte eine unangenehme, nicht gerade erfrischende Temperatur von unter 10 Grad.

Beim Aufprall schien Agostino bewusstlos, oder tot zu sein, von oben konnte Gabriele, die sich gerade noch an einem Baumstamm heben konnte, das nicht so genau erkennen. Mühsam zog sie sich wieder nach oben. Das war knapp. Fast wären sie beide nach unten gestürzt. Das Problem schien sich durch ihren ungeplanten Ausrutscher gelöst zu haben. Agostino regte sich nur noch durch die Strömung in der Wassermulde unterhalb des Wasserfalls. Es war zu dunkel um das alles genauer zu betrachten – und sie hatte auch kein Bedürfnis dazu es noch genauer zu betrachten. Sollte er nur bewusstlos sein, würde die Kälte den Rest erledigen. So konnte er unmöglich seine lebensnotwendige Kerntemperatur halten.

In der Zeitung würde man einige Tage später lesen können: „Tatort wildromantische Ravennaschlucht. War der unbekannte Tote aus der Ravennaschlucht ein Sizilianischer Drogendealer und verunglückte er vor der Kokain Übergabe? Platzte das Drogengeschäft in der Ravennaschlucht durch Unachtsamkeit?"

Das hatte sie clever angestellt in Himmelreich, als sie ihn nochmal heißgemacht hatte im Auto. So konnte sie unbemerkt Wladimirs Kokainpäckchen, die er gerade erst als Liebesgrüße aus Moskau erhalten hatte, unter dem Beifahrersitz von Agostino verstecken. Das konnte alles so einfach sein. Wladimir hatte den Keller voll davon, die paar fehlenden Päckchen würde er sicherlich nicht bemerken.

Die Spurensicherung würde Agostinos lebhaftes Liebesleben nicht zu 100 Prozent rekonstruieren können. Im Wagen fanden sich DNA-Spuren von über 20 Frauen und Männern. Keiner Spur könnte so richtig gefolgt werden.

Die infrage kommenden Liebschaften von Agostino, die man anhand des Handys verfolgen konnte, verteilten sich sternenförmig um Freiburg. Alle verheirateten Liebchen könnten diskret verhört werden und würden den intimen Kontakten zu Agostino gestehen. Alle hätten ein stichfestes Alibi.

Gabriele Wolkow, die Geschäftsfrau, die er am Tag des unnatürlichen Todes kontaktiert hatte, sowie zwei weitere Geschäftsfrauen aus dem Raum Emmendingen und Neustadt, die er ebenfalls nach Frau Wolkow telefonisch kontaktierte, hätten ebenfalls ein Alibi. Laut Aussagen hatten die Geschäftsfrauen eine rein geschäftliche Beziehung zu ihm. Ihr Name fand sich auch in Agostinos Terminkalender mit dem Vermerk: Neue Musterkollektion vorstellen. Die am Tatort gefundenen Spuren wären nahezu unbrauchbar. Durch den nächtlich einsetzenden Starkregen wäre der Boden komplett ausgespült worden. Wo keine Spuren, da kein Verdächtiger. Wo kein Verdächtiger, da kein Täter. Eine Zuordnung wäre unmöglich.

Ebenso könnten auf der Rauschdroge keine brauchbaren Spuren gefunden werden und die Textilfasern, die man im Geschäftswagen auf den Sitzen und im Kofferraum fand, waren zu viele – Agostino hatte durch seine Tätigkeit in der Textilindustrie zu viele Stoffe im Wagen transportiert. Die Spurensicherung wäre am Rotieren. Es gäbe keinerlei Spuren.

Sie hatte Glück gehabt und der einsetzende Regen war ein Segen. Er prasselte sehr stark auf das Hausdach. Durch den Hintereingang gelangte sie unbemerkt ins Haus, sie hatte sich zwischenzeitlich wieder umgezogen, den dunklen leicht zerknitterten Zweiteiler, sowie die bequemen Lederschuhe wieder angezogen - dann duschte sie, zog sich ihren Hausanzug an, bedankte sich beim Kindermädchen fürs Hüten, gab ihrer schlafenden Tochter Laura einen Kuss auf die Stirn und erfreute sich des Lebens. Ja das stimmte, es war eine unangenehme Nacht und Gabriele musste erst einmal in ihrem Haus den alten Kachelofen mit ganz viel Holz und mit Hilfe eines Grillanzünders anfeuern, so kalt war es.

Ihr Schmuckstück aus der Gründerzeit sollte mal so richtig eingeheizt werden. Zwischen dem lodernden Brennholz hatten noch Schuhe, Tarnanzug, Handschuhe und eine Mütze Platz.

Entspannt legte sie sich auf das weiche Lammfell, welches am Boden vor dem Kachelofen lag. Sie war zuversichtlich, dass ihr die Zukunft ein besseres Leben bieten würde.

Sie blätterte in dem kleinen, schwarzen Büchlein herum, welches sie von Lina Lorenz geschenkt bekam und lachte an einer zitierten Stelle:

„Drei Dinge helfen, die Mühen des Lebens zu tragen: Die Hoffnung, der Schlaf und das Lachen."

Dann schlief sie erschöpft, aber glücklich mit dem Büchlein im Arm ein.

Im Naturpark herrschen andere Gesetze

Der braun-grüne Kachelofen aus der Gründerzeit war ein Liebhaberstück. Jede Kachel war liebevoll und aufwändig per Hand gefertigt worden. Lediglich die Brennkammer musste erneuert werden. Das Schmuckstück sollte für lächerliche 4.000 Euro verkauft werden. Der aktuelle Marktwert lag mindestens beim sechsfachen. Damit kannte er sich aus. Er war leidenschaftlicher Kachelofen- und Kaminofen-Sammler. Er restaurierte und verkaufte sie. Jedes Stück war auf seine Weise von individueller Schönheit. Im Laufe der letzten Jahrzehnte änderte sich die Optik des Kachelofens grundlegend. Sein erster erstandener Kachelofen war noch vollständig verkachelt, der folgende Ofen hatte bereits Zierelemente und verputzte Flächen mit Simskacheln. Die klassisch grüne Ofenkachel schien ausgedient zu haben, doch er mochte sie trotzdem.

Er hatte einen alten Hof im Siedelbach gekauft. Siedelbach lag in der Nähe von Breitnau im Hochschwarzwald.

Es war eine typische Schwarzwaldregion mit Einzelhöfen.

Etwas abgelegen aber dafür sehr ruhig. In der Nähe des Hofes floss der Siedelbach. Die erhabenen Linden profitierten von kleineren Quellen und wuchsen beständig.

Er war ein Naturbursche, durch und durch. Etwas eigenbrötlerisch vielleicht und störrisch, dennoch meist liebenswert. Aus Überzeugung verschloss er keine Türen, weder im Hause noch in der Scheune. Wer hineinwollte, käme auch durch verschlossene Türen durch, war so seine Meinung. Da behielt er Recht, in einigen Höfen wurde schon eingebrochen und hierbei zerstörten die Einbrecher entweder Fenster oder Türschlösser. Das musste nicht sein. Solange es nur Mundraub war und hungrige Landstreicher nach Nahrung suchten, stellten sie für ihn keine wahre Bedrohung dar. Die Vorratskammer befand sich neben der Küche und nicht im Keller, da dieser sehr alt und feucht war.

Im Gewölbe-Keller, welcher noch einen echten, gestampften Lehmboden hatte, und über dessen Eingang: „vinum cellanius" stand, lagerte er, als bekennender Weinliebhaber, seinen wertvollen Wein.

Die gleichbleibende Temperatur und Luftfeuchtigkeit war für eine optimale Lagerung enorm wichtig. Durch die hohe Luftfeuchtigkeit blieben so die Korken elastisch und konnten den Wein langfristig zuverlässig verschließen. Licht schadete dem Wein nur, daher war der Keller dunkel. Er hatte großes Glück, dass sein Keller thermisch soweit von der Außenwelt abgeschirmt war und eine konstante Temperatur von 12 Grad hatte. Er lagerte den „Glottertäler Roter Bur", ein Rotling Kabinett trocken und einen hervorragenden „Glottertäler Riesling", ein Kabinett feinherb in seinem Keller. Manchmal, wenn er Besuch bekam, holte er aus seinem Keller ein edles Tröpfchen. Doch die meiste Zeit war er alleine und genoss diese Stille.

Er hatte den braun-grünen Kachelofen aus der Gründerzeit gleich bar bezahlt und Stück für Stück abgebaut, aufgeladen und in seine Scheune gebracht. Alles stand ungeordnet herum, doch er war Meister der Ordnung in der Unordnung. Er wusste stets, wo was lag und fand sich bestens zurecht.

Einige Kacheln würde er nachbessern müssen und die Brennkammer wäre zu erneuern, ansonsten stand der Kachelofen top da. Das war wieder mal ein gutes Geschäft gewesen. „Schafsäckel", nannten sie ihn, den Rudi, da er auf seinem Grundstück noch vier Milchschafe und zwei Böcke hielt. Er gehörte fast noch zu den Selbstversorgern.

Auf der saftigen Sommerwiese vor seinem Hof hatten seine Schafe die besten Voraussetzungen zur guten Milchleistung. Sie waren gesund und zufrieden und brachten alleine vom Sommer bis zum Spätherbst 1-1,5 Liter pro Mutterschaf. An Urlaub war nie zu denken, die Tiere mussten zweimal am Tag gemolken werden. Die Milch trank er oder verarbeitete sie zu Käse.

Die ledigen Frauen im Tal waren ganz scharf auf ihn, den gutaussehenden Naturburschen Anfang fünfzig – doch die wahre Liebe war ihm noch nicht begegnet und so wollte er sich nicht mit irgend einer Frau fest binden.

Stein auf Stein setzte Rudi den Kachelofen im Schopf aufeinander, eines seiner 4 Hühner hüpfte ihm immer wieder vor den Füßen herum. Es war Luisa, das verrückte Cochin Huhn. Sie pickte an einem Buch herum. Wo das wohl herkam? Er musste es ausversehen eingesteckt haben. Dass ihm das nicht aufgefallen war. Es gehörte wohl der Vorbesitzerin des Kachelofens. Rudi hatte den Kachelofen von einer Frau Wolkow gekauft. Wie war doch gleich ihr Vorname? – Ja genau Gabriele. Rudi hob das Buch auf, und neugierig wie er war, begann er gleich darin zu blättern. Das freche Huhn Luisa hüpfte ihm dabei immer wieder zwischen den Füßen herum. Sie war am fleißigsten von allen Hühnern und brachte es auf 120 Eier im Jahr. Das war eine beachtliche Legeleistung und der Fleischansatz war auch nicht übel.

Luisa brachte es auf 4 Kilogramm mit ihrem üppigen, weichen Federkleid. Sie war eben ein glückliches Huhn und hatte sehr viel Auslauf - und einen Hahn der sie bei Laune hielt. Diesen musste sie sich zwar mit den drei anderen Hühnern teilen, doch auch das lief wie am Schnürchen, er war auch sehr fleißig.

Luisa hatte hellbraune Federn, gerade diese Rasse war sehr ruhig und gelassen, genauso wie er, der „Schafsäckel".

Es war ein Büchlein mit frischen Zitaten. Wie sehr er Zitate liebte. Er steckte das Büchlein schließlich in seine Arbeitshose.

Der komplette Kachelofen stand in der alten Scheune aufgebaut vor ihm. Es war harte Arbeit aber sie hatte sich gelohnt und machte ihm Spaß. Er ging einen Schritt zurück um seine neue Errungenschaft genauer zu betrachten. Das Licht einer 40 Watt Glühbirne war nicht gerade die optimale Beleuchtung, doch es reichte aus. Ein großer, dunkler Schatten bewegte sich über ihm. Da wurde sogar Luisa die Ruhige, ganz unruhig und suchte das Weite.

Er betrachtete es genauer – und tatsächlich, über ihm schien etwas zu hängen. Im Schein der Glühbirne erkannte er einen Umriss. Es konnte der Körper eines Menschen sein, oder eines hängenden Tieres. Die Scheune war sehr hoch. Er ging noch weiter zurück, fast bis zum Scheunentor. Da bestätigte sich seine Vermutung: Über ihm hing eine Sau an einem Seil. Sie schien sich nicht zu regen. Doch wie kam die da hoch?

Wer hatte es gewagt sie hier aufzuhängen? Was für ein doofer Scherz das wieder war. Er konnte sich auch denken von wem. Ein unliebsamer Nachbar, dessen Hof zwei Kilometer entfernt lag, mochte ihn einfach nicht. Er witterte Gefahr und war der festen Meinung der „Schafsäckel" könnte seiner Frau gefährlich werden. Das war zu absurd. Die paar Mal, die sie gemeinsam im Weinkeller verbrachten und anschließend in seinem Naturbett, waren nicht der Rede wert. Sie hätte sich doch niemals von ihrem Mann, dem „Saubauern" getrennt. Diese Sorge war wirklich unbegründet. Sie amüsierte sich nur hin und wieder mit ihm, nicht mehr.

Fragen über Fragen schwirrten durch Rudis Kopf. War es der „Saubauer" der schon seit Monaten sein Unwesen trieb? Zerstochene Autoreifen, eingeschlagene Fensterscheiben, Schmierereien an der Hauswand. Es half alles nichts, die Sau musste abgehängt werden. Er wollte nicht die Polizei rufen, das konnte er hier auf seinem Grundstück nicht gebrauchen. Am Ende würden sie seine Schätze näher betrachten und kämen noch auf die Idee, er würde hier die Geschäftchen an der Steuer vorbei tätigen. Offensichtlich sollte dieses Zeichen eine Warnung sein, so nach dem Motto: Du hängst auch bald. So schnell ließ er sich nicht einschüchtern.

Über einen Nebeneingang gelang er in den ehemaligen Kuh-Stall, von hier aus würde er auf den Heuspeicher gelangen und könnte die Sau so herunterholen. Sie hing an einem alten, maroden Balken, unter dem Scheunendach. Wie konnte man denn auf solch eine absurde Idee kommen? Der Bursche musste auf jeden Fall jede Menge Kraft haben, diese Sau war schwer. Gleich wäre er bei ihr.

Sein Atem war ruhig, dieses Bild brachte ihn nicht in helle Aufregung. Da hatte er schon schlimmeres gesehen.

Rudi lebte im Siedelbach schon in der zehnten Generation und hier herrschten eigene Gesetze. Sie schützten, verbündeten und hassten sich.

Jetzt war er ganz nahe bei ihr. Er stieg auf den Balken und balancierte ganz vorsichtig, bis zum Seilknoten – dann zog er sein Jagdmesser und begann das Seil zu durchtrennen. Ganz einfach war das nicht, es war ein dickes Hanfseil – dann stürzte die erhängte Sau auf den Scheunenboden. Zum Glück stand da nichts drunter. Sie blieb auf dem einzigen Stückchen Erde liegen, auf welchem kein Kaminofen oder Kachelofen stand. Jetzt musste er wieder runter. Er lief vorsichtig über den staubigen Balken und wollte die lange Holztreppe hinunter gehen, da entdeckte er am Scheunenboden eine neue Öffnung. Genau an der Stelle, an der er ohnehin sehr morsch war, der Boden. Er kannte sich aus, hier in seiner Scheune, ein Unwissender offensichtlich nicht, denn von alleine wäre der Boden nicht eingebrochen.

Von oben näher heranzugehen schien ihm zu gefährlich, er musste es von unten betrachten. Er ging die steile Holztreppe hinunter. Wieder ging er durch das Scheunentor und diesmal lief er in einen Nebenraum. Wenn hier jemand durch den Boden gebrochen wäre, dann hätte er hier liegen müssen.

Er drehte den alten, schwarzen Lichtschalter um. Die mit Staub bedeckte, nackte Glühbirne gab auch in diesem Raum ein mattes Licht ab. Da lag er, ein regloser Körper, dessen linker Arm etwas anormal zur Seite hing. Bei einem Sturz aus solch beträchtlicher Höhe war zu erwarten gewesen, dass man sich das Genick brach. Rudi der „Schafsäckel" rüttelte stark an der Person, nichts regte sich. Es war keine Atmung zu hören und auch der Brustkorb bewegte sich nicht. Kein Puls war mehr tastbar. Der Typ war mausetot. Der Tote hatte zudem die Augen weit aufgerissen, was wiederum sehr furchterregend wirkte.

Jetzt musste er sich erst einmal entspannen. Er nahm die Zitatensammlung aus der Hosentasche heraus und begann zu lesen.

Dann fand er eine Seite, die perfekt zu dieser Situation passte. Rudi riss das kleine, bedruckte Blatt Papier aus dem Büchlein heraus und steckte es dem Toten direkt in dessen geöffneten Mund. „Der Kreislauf tut nur seine Pflicht, solang er kreist, sonst tut er´s nicht." Das war ein Zitat von Wilhelm Busch, Rudi kannte es noch aus der Schulzeit.

Das war hier eindeutig ein Unfall auf seinem Grundstück. Der Tote trug eine abgegriffene Jeans, sie war durchnässt und roch nach Urin und Wein. Hatte der Drecksäckel vor der Tat noch einen Abstecher in seinen Weinkeller gemacht, ein edles Tröpfchen getrunken und war dann hinabgestürzt.

„Der Glottertäler ist gar stark und süß macht helle Köpf, doch schwere Füß", sagte man so. Das mit den schweren Füßen hatte wohl gestimmt, sonst wäre er hier nicht in der Scheune eingebrochen.
Glücklicherweise drang kein Blut aus diesem Körper, das würde die Entsorgung vereinfachen. Er musste sich tagelang, nicht rasiert haben.

Der Bart war ungepflegt und in den Ohrenmuscheln war unappetitlicher Ohrenschmalz zu sehen. Dieser Anblick war nicht gerade das, was er sich vor dem Abendbrot ansehen wollte, doch es musste wohl sein.

Rudi betrachtete den Typen genauer, dann erschrak er, es schien tatsächlich der „Saubauer" zu sein, was die Situation komplizierter machte. Wie hätte er das der Polizei erklären können?

Herr Kommissar, die Sachlage ist folgende: Ich hatte nur manchmal etwas Spaß mit der Frau des „Saubauern", nichts Ernstes – das hatten hier viele im Dorf. Die war ganz wild auf uns – da konnte sich keiner wehren. Wir hatten nur hin und wieder etwas Gelegenheits-Sex mit ihr.

Der „Saubauer" schien eifersüchtig zu sein und wollte ihm eine Lektion erteilen, das war offensichtlich. Das Aufhängen der Sau verlief ohne Komplikationen, da er einen hellen Kopf vom Wein trinken hatte, doch beim Überqueren des Scheunenbodens war er dann auf tragische Art und Weise abgestürzt.

Er wurde vom Literaten zu Fall gebracht, bekam „schwere Füß" und starb noch an Ort und Stelle. Das würde ihm niemand abnehmen. Er drohte ihm indirekt mit dem Tode und kam dabei selbst ums Leben. Das war derart makaber. Doch so schien das Leben eben zu sein – makaber.

Rudi schleppte den Toten „Saubauer" mit dessen eigener Holzkarre, zu seinem Misthaufen. Da hatte er aber einen langen Weg auf sich genommen mit dem eigenen Karren zu Fuß zu ihm. Vom Jostal aus hatte er sich auf den Weg gemacht. Unglaublich war das. So besessen war er. Aber er wollte nicht auffallen oder gar aufgedeckt werden, daher kam er nicht mit seinem Auto. Das war auch gut so, sonst hätte er jetzt noch den Wagen entsorgen müssen. Der Misthaufen war groß genug und hatte genau das Ambiente, dass sich der Mistkerl verdient hatte. Er stank bestialisch. Hier würde bei einsetzender Zersetzung des Körpers, der Gestank nicht so sehr auffallen. Mit einem Spaten schaffte Rudi ein kleines Loch, dann zog er den Burschen komplett aus und legte ihn hinein. „Der Kreislauf tut nur seine Pflicht, solang er kreist, sonst tut er´s nicht." Hier gab es einen neuen Kreislauf. Guten Appetit ihr Fliegen, Käfer und Katzen. Den Rest würde er, wenn die blanken Knöchlein übrig blieben, in der Knochenmühle seines Großvaters verarbeiten. Knochenmehl war ein guter Dünger für einige Pflanzen. Die mitgebrachte Sau wurde gemetzgert und eingefroren. Da konnte man so allerhand von zubereiten. Schweinebraten mit einem edlen Tropfen von dem „Glottertäler Roter Bur" – köstlich, köstlich.

Im oberen Wirtshaus erzählte man sich, dass der „Saubauer" mindestens 5 Säue in den Ställen der Nachbarshöfe aufgehängt hatte, sozusagen als Warnung. Derart eifersüchtig war er. Doch das behielten die Bauern für sich. Bei der Polizei ging nur eine Vermisstenanzeige einer Bäuerin aus dem Jostal ein. Eine Anzeige von Vielen in Deutschland. Eine groß angelegte Suchaktion brachte keine neuen Erkenntnisse. Er wurde nie gefunden der „Saubauer".

Im Siedelbach herrschten eben andere Gesetze.

Grausam nette Todesfälle

Auf einem Flohmarkt in Häusern hatte sie eine alte, noch voll funktionstüchtige Holzkarre erworben. Die Holzkarre war günstig und hatte diesen bäuerlichen Charme. Sie würde gut in ihren Garten passen. Ein netter Bursche aus der Region hatte sie verkauft. Nicht nur die Karre gefiel ihr, nein auch der Naturbursche, der sie verkaufte. Im Gespräch stellte sich heraus, dass er einen kleinen Hof im Siedelbach hatte und jede Menge Schafe besaß. Annemarie hatte sich in zehn Sekunden verliebt.

„Ich bin Rudi", er reichte Annemarie die Hand und strahlte bis über beide Ohren.

„Ich bin die Annemarie aus dem Blasiwald", sagte sie leicht verlegen.

„Du bekommst die Holzkarre, wenn sie dir gefällt für schlappe zwanzig Euro."

Das war ein unwiderstehliches Angebot.

„Dann kommen wir ins Geschäft, ich nehme sie gleich mit", sagte Annemarie.

Sie hatte bereits einen roten Kopf vor Verlegenheit.

Rudi nahm das Geld entgegen und half Annemarie, die den Holzkarren nicht auf Anhieb alleine im alten Lada verstauen konnte. Seine muskulösen Oberarme kamen besonders gut zur Geltung in seinem eng anliegenden T-Shirt. „Was für ein Körper", dachte sich Annemarie.

„Wenn ich dir noch Ratschläge zur Bepflanzung geben kann, ruf einfach an", sagte Rudi flirtend, während er Annemarie eine Visitenkarte von sich zusteckte und mit seiner flirtbereiten rechten Augenbraue zuckte.

Sie würde die Karre je nach Saison bepflanzen und vors Haus stellen. Egal was der Vater dazu sagte. Der Vater reglementierte einfach immer alles. Sie war erwachsen und er behandelte sie nach wie vor wie ein kleines Kind. Er war ein regelrechter Tyrann.

Alle mussten stramm stehen, wenn der ehemalige Kampfschwimmer der Marine das wünschte. Er schrie, schlug und drohte.

Das Leben in einer Gemeinschaft mit ihm war unerträglich, doch als finanziell abhängige Tochter hatte sie keine andere Wahl. Sie musste es über sich ergehen lassen.

Sie hatten sich ein marodes Häuschen gekauft, hier im Blasiwald. Der Traum eines Mehrfamilienhauses war endlich in Erfüllung gegangen, obwohl überall gespart wurde. Der Vater war ein wohlhabender Geizhals.

Der Wind zog durch jede Ritze und im Haus roch es alt und modrig. Tochter Annemarie durfte mit ihrer kleinen Familie im Dachgeschoss den nackten, feuchten und kalten Speicher bewohnen. Es gab nur ein Fenster und sie lebten auf engstem Raum. Er wollte es so, der geizige Schikanen-Opa Ludwig. Er selbst bewohnte mit seiner Frau die unteren Zimmer, die in gleich schlechtem Zustand waren. An Renovierung war nicht zu denken, er war der Geizhals in Perfektion.

Nachts wurden Kerzen anstatt Licht angemacht. Das ersetzte nicht nur das elektrische Licht, sondern wärmte auch. Zu essen gab es meistens Eintopf ohne Fleisch – und getrunken wurde Wasser aus der Leitung. Das Leitungswasser entsprach bester Wasserqualität, laut Ludwig. Die Braunfärbung wäre lediglich Rost, bedingt durch die alten Leitungen. Es wurde an allem gespart und darauf war er stolz.

Ein Leben im Überfluss war für ihn nichts und hatte auch für seine Familie nichts zu sein. Ein komplett durchgeplanter Kerl ohne Grenzen und ohne Empathie war er, der Geizhals. Geprägt von seinem Perfektionismus ging er über Leichen. Alles hatte einen Zeitplan, alles wurde akribisch dokumentiert. Für jeden Zwischenfall gab es einen Plan B. und für jedes Problem eine rasche Lösung. Die Familie hatte bis jetzt hierarchisch funktioniert, über dreißig Jahre lang. Alles lief wie am Schnürchen – er befahl, alle folgten. Kleinere Zwischenfälle wurden sofort behoben durch Androhung, Maßnahmen und Konsequenzen.

Störfaktoren wurden ausgeschaltet oder beseitigt. Bis jetzt, denn auf einmal häuften sich die Zwischenfälle.

Das generationsübergreifende Zusammenleben wurde immer unberechenbarer. Zuerst hatte seine Tochter, diese blöde Kuh, diesen Taugenichts Luigi von Häusern geheiratet und tatsächlich ein Kind mit ihm gezeugt. Diese genetische Paarung gefiel ihm überhaupt nicht. Das Endprodukt der zweiten genetischen Paarung war unterwegs, obwohl er versucht hatte sie zu zwingen „Es" abtreiben zu lassen. Zunächst noch im Einzelgespräch, halbwegs nett – doch das dumme Ding wollte nicht hören und begann sich zu wehren. Faselte was von Muttergefühlen und Mutterglück. Durch seine Kaltherzigkeit war er als Vater für sie gestorben. Hier endete also seine Autorität als Vater? Um seine ungezogene Tochter würde er sich später nochmals kümmern, zunächst hatte der Schwiegersohn Vorrang. Dieser Taugenichts hatte sich eine Geliebte zugelegt und war im Begriff seine kleine Familie zu zerstören. Doch es hing noch weitaus mehr an ihm.

Er war Teil dieser Hausgemeinschaft, hier ging es um einen guten Ruf.

Diese Gemeinschaft funktionierte nur, wenn man sich auf jedes Mitglied dieser Gemeinschaft hundertprozentig verlassen konnte. Der Schwiegersohn Luigi musste also beseitigt werden – die Tochter eventuell auch – und die Kinder sowieso. Er duldete keine ungehorsamen Versager um sich herum. Doch zuerst kam der Schwiegersohn dran.

Nichts eignete sich so sehr wie ein nahegelegener See – gerne wurden hier Müll und Unrat entsorgt. Und dazu zählte der Schwiegersohn auch – er war in Ludwigs Augen Unrat.

Schikanen-Opa Ludwig kannte sich als ehemaliger Kampftaucher in Gewässern bestens aus. Hier am Schluchsee war er aufgewachsen, hier hatte er die Kindheit verbracht und kannte jeden Winkel. Der Plan war ganz einfach: Sein Schwiegersohn Luigi war leidenschaftlicher Angler und als solcher trieb er sich am liebsten des Nachts auf dem See herum.

Obwohl er Nichtschwimmer war, was bei Südländern, die am Meer aufwuchsen, erstaunlicherweise sehr oft vorkam.

Ihn beängstigte die Tatsache, einmal ins Wasser fallen und ertrinken zu können, nicht. Ebenfalls war er zu eitel um eine Schwimmweste anzulegen. Das war sowas von unvorsichtig. Bei dieser leichtsinnigen Verhaltensweise würde Schikanen-Opa Ludwig ansetzen.

Es verging keine Woche und der überflüssige Schwiegersohn bereitete seine Angelsachen vor, trällerte was von: „O sole mio", obwohl die gar nicht schien und wollte so gegen drei Uhr morgens mit seinem kleinen Fischerboot, welches er natürlich auf Raten gekauft hatte, auf den See hinausfahren. Dieser Schwiegersohn kaufte immer alles auf Raten, der Idiot. Fast zeitgleich verbrachte Schikanen-Opa Ludwig den Vormittag im Keller seines Hauses. In seinem Hobbyraum hatte er seine Ruhe, hier wagte es niemand ihn zu stören, dafür hatte er gesorgt.

Er legte seinen Neopren-Kälteanzug vor sich aus, ergänzte ihn durch Flossen und Taucherbrille und kontrollierte die gesamte Taucherausrüstung. Es schien alles in einwandfreiem Zustand zu sein. Sein Sauerstoffkreislaufgerät würde ihm gute Dienste leisten. Als ehemaliger Elitesoldat der Bundesmarine war er in den Genuss einer einmaligen Ausbildung gekommen. Auf Ober- und Unterwasserangriffe war er spezialisiert. Die Einsätze waren stets geheim, für die Öffentlichkeit gab es keinerlei Missionsberichte. Den würde es auch für seine letzte Mission nicht geben. Die Mission: „Schwiegersohn-Beseitigung" würde in wenigen Stunden beginnen.

Es war kurz vor drei Uhr, Ludwig hatte sich keinen Wecker gestellt, seine innere Uhr weckte ihn. Da die Alte (seine Frau Gertrude-Helene) und er getrennte Schlafzimmer im Haus hatten konnte er ohne weiteres Aufsehen zu erregen, das Haus verlassen. Die Alte schnarchte unerträglich. Eines Nachts hätte er sie fast einmal erschlagen, so laut schnarchte sie. Diese Gedanken hegte er immer wieder einmal, wenn ihn ein Mitmensch nervte.

Das kam gelegentlich vor. Ebenfalls gelegentlich kam vor, dass er nachts nicht schlafen konnte und um das Haus herum tigerte. So auch jetzt, er war hellwach und fest entschlossen wieder Ruhe in diese Hausgemeinschaft zu bringen. Seine Tochter hatte schon genug Kinder von diesem untreuen Taugenichts mit Migrationshintergrund. Dieser schwachsinnige, primitive Mann brachte zu viel Unruhe in die Familie. Es wäre nur eine Frage der Zeit bis es zu weiteren Eskapaden käme. Dieser Versager würde keinen Fuß mehr in sein Haus setzen, soviel stand fest. Heute würde es Ludwig zu Ende bringen.

Ludwig raste mit seinem alten, grünen Lada über die Staumauer, Richtung Schluchsee Ort. Die Straße war wie leergefegt, Ludwig beschleunigte das Tempo und begann leichtsinnig die gefährlichen Kurven zu schneiden. Die Nacht war herrlich frisch und sternenklar. In knapp zehn Minuten wäre er am See. Ludwig freute sich auf den kommenden Einsatz. Er sah es als seine Pflicht an, diesen Taugenichts auszulöschen, bevor dieser am Ende noch mehr Chaos anrichtete.

Am Schluchsee angekommen parkte er an einem kleinen Kiosk oberhalb des Sees. Hier trieben sich um diese Uhrzeit außer ihm keine Menschenseelen herum. Aus dem muffig riechenden Kofferraum holte er rasch seine große, schwarze Sporttasche heraus und ging schnellen Schrittes durch die unberührte und urwaldartige Landschaft. Unterhalb der Straße gelangte er auf einen schmalen Trampelpfad bis zum See.

In einer kleinen Bucht mit magmatischem Tiefengestein zog er sich um und kontrollierte noch einmal seine Gerätschaft. Alles war funktionstüchtig. Es würde sein letzter Tauchgang sein, beschloss er. In seinem Alter war das nicht ganz ungefährlich und so fit wie früher war er längst nicht mehr, der Schikanen-Opa Ludwig. Dann tauchte er unter Wasser.

Die Wasseroberfläche war spiegelglatt, das Sternenbild spiegelte sich märchenhaft im tiefschwarz scheinenden Wasser, bis er eintauchte. Ein wunderbares Glücksgefühl durchfuhr ihn.

Wie lange schon hatte er es sich gewünscht – wie lange schon wollte er noch einmal in den Genuss seines Lieblingssports kommen. Es war Fügung. Jetzt und hier konnten gleich zwei Herzenswünsche in Erfüllung gehen. Er konnte Tauchen und er würde gleich einem überflüssigen Menschen das Leben beenden.

Das kleine Fischerboot lag tatsächlich wie immer auf der anderen Seite des Ufers in einer kleinen Bucht. Immerhin war er tatsächlich hier und nicht im Bett seiner Geliebten – was immer öfter vorkam.

Auf der anderen Seite wehte eine sanfte Brise, die Bäume am Ufer begannen im Rhythmus zu tanzen und das Blattlaub raschelte. Wie immer hatte Luigi keine Schwimmweste an – wie leichtsinnig er doch war, dieser Trottel. Es wäre ein Leichtes, das Boot mitsamt dem Deppen in Bewegung zu bringen, bis dieser ins Wasser stürzte. Ludwig wartete im Wasser im Hinterhalt, bis sich der Schwiegersohn im Boot erhob um eine Flasche billigen Lambrusco aus der Tasche zu holen. Das war die Gelegenheit!

Ludwig legte unter Wasser an Tempo zu und wurde durch die raschen Bewegungen der Flossen sehr schnell. Kurz vor dem Boot tauchte er abrupt auf, griff sich diese Nussschale und schaukelte so wild an dieser herum, bis der überraschte Schwiegersohn tatsächlich ins Wasser fiel. Dass es so einfach werden würde, hätte Ludwig nicht gedacht.

Der Taugenichts zappelte und strampelte. „stronzo", schrie er und versuchte um Hilfe zu rufen: „aiuto", konnte sich aber tragischerweise nirgends festhalten, da sich Ludwig mit dem Boot ein Paar Meter entfernte.

Wenig später war es ruhig auf der Wasseroberfläche. Das Zappeln und Strampeln hatte ein Ende genommen und das Leben seines Schwiegersohnes offensichtlich auch. Zufrieden ließ Ludwig das Boot wieder los, umkreiste die Stelle vorsichtig und achtsam wie ein Haifisch, bis er sicher sein konnte, dass hier und jetzt niemand wieder auftauchen würde. Dann nahm er seine Unterwasserlampe und tauchte ab.

Da trieb er, mit weit aufgerissenen Fischaugen. Selber „Schwachkopf", dachte sich Ludwig und begann sich auf den Rückweg zu machen. Zufrieden tauchte er in der kleinen Bucht am anderen Ende des Sees, wo er seine Tasche versteckt hatte, wieder auf. Um keine Zeit zu verschwenden zog er sich gleich wieder um. Die Kälte kroch durch seine alten Knochen. Die Mission wurde in knapp einer Stunde erfolgreich erledigt. Mühsam lief er über das grobkörnige Gestein am Ufer zurück zum Trampelpfad. Sein Atem ging schnell und unregelmäßig, diese Mission hatte ihn mehr Kraft gekostet als erwartet.

Zuhause hatte er seine Ausrüstung ordnungsgemäß versorgt, sich im Bad frisch gemacht und seinen Schlafanzug angezogen. Da zog es in seiner Brust. Er bekam plötzlich eine Hustenattacke und merkte, wie sich sein Puls beschleunigte. Was war das? Ihm wurde auf einmal übel. Er musste brechen, hob den WC-Deckel mit einer Hand hoch. Er fühlte sich schlapp. Dann erbrach er, stand mühsam wieder auf.

Mit kaltem Wasser erfrischte er sein Gesicht, welches im Spiegel über dem Waschbecken so blau-grau schien. Er war blass. Erneut überkam ihn eine leichte Atemnot. Die Brust brannte. Es fühlte sich an, als würde man eine heiße Ritterrüstung mit aller Gewalt gegen seine Brust drücken. Mit der rechten Hand griff er gegen seine Brust und schrie vor Schmerz, bevor er neben der Toilette zusammenbrach.

Gertrude-Helene erwachte. Was war das für ein Gepolter im Haus. Sie setzte sich auf die Bettkannte, nahm sich ihren alten, hellblauen Morgenrock, stieg in ihre abgelaufenen Hausschuhe und betrat den kalten Gang des Hauses. Es war still im Haus. Im Bad brannte Licht.

Es war kurz nach drei Uhr am Morgen. Das Ludwig nachts nicht schlafen konnte und im Haus herumirrte war nichts Neues. Sollte sie es wagen und im Bad nachsehen, auch auf die Gefahr hin, dass sie von ihm einen Anschiss kassierte, so wie immer?

Gertrude-Helene klopfte gegen die Badezimmer Türe.

„Ludwig, hörst du mich?" Sie vernahm keine Regung, nur ein Atemgeräusch war zu hören. Sie öffnete vorsichtig die Türe. Da lag er, der Ludwig. Mit dem Kopf zwischen Toilette und Badewanne. Er röchelte stark. Sie half ihm sich mit erhöhtem Oberkörper gegen die Badewanne zu lehnen. Er sah sie mit großen Augen hilflos an. Er schien Atemprobleme zu haben. Gertrude-Helene lockerte Karls beengte Kleidung indem sie die Knopfleiste seines Oberteils aufknöpfte, dann machte sie das Fenster auf damit er frische Luft bekam. Sein Puls raste.

Im Untergeschoss wählte sie die Nummer des Rettungsdienstes – dann öffnete sie die Haustüre und rannte wieder hoch zu Ludwig um die Vitalfunktionen zu überprüfen und ihm eine Atemanweisung zu geben.

Er sollte langsam und tief atmen. Bis der Rettungsdienst eintreffen würde wären es einige Minuten. Sie lebten abgelegen auf dem Land. Gertrude-Helene müsste die Lebensbrücke für Ludwig sein, bis der Rettungsdienst eintreffen würde.

„Ludwig wir machen jetzt die Flötenatmung. Du musst die Lippen spitzen und ausatmen."

Durch diese Übung würde die Ausatemphase länger werden und der Spitzendruck geringer. Hierdurch würde das Ausatmen insgesamt leichter fallen. Doch Ludwig hatte andere Pläne – er brach schließlich mit einer langgezogenen Flötenatmung zusammen. Wieder lag er zwischen der Badewanne und der Toilette – doch dieses Mal konnte ihn seine Frau nicht mehr wach bekommen. Als der Rettungsdienst eintraf war Ludwig bereits tot – man versuchte ihn zu reanimieren, doch vergebens. Ludwig erlag seinem Herzinfarkt. Sowas kam vor in seinem Alter!

Monate später war Richtfest im Hause Rot, der Holzkarren bekam ein besonders hübsches Blumenarrangement von Rudi, dem Schafsäckel aus dem Siedelbach. Tochter Annemarie und ihre Mutter hatten sich das Haus nach ihren Wünschen und Träumen ausbauen lassen. Das Martyrium hatte ein Ende, ein Leben ohne Furcht und Befehle begann.

Jedes der zwei Kinder hatte nun ein eigenes Zimmer. Das Generationenhaus hatte im Erdgeschoss einen wunderbaren Wintergarten erhalten. Hier würde die kleine Familie nun gemütliche Spielnachmittage verbringen. Alle waren bester Laune, Witwe Annemarie erhielt eine stattliche Witwen- und Waisenrente nach dem tragischen Unfall ihres Mannes. „Angler ertrank beim Angeln im See." – und ihre ebenso verwitwete Mutter Gertrude-Helene erbte eine stattliche Summe ihres geizigen und sparsam verstorbenen Mannes.

Bei Kaffee und Kuchen saß die kleine Familie nun in fröhlicher Runde beisammen. Annemarie hatte tatsächlich bei dem netten Burschen Rudi angerufen.

Sie hatte sich Ratschläge zur Bepflanzung der Holzkarre geben lassen. Bei der praktischen Übung der Bepflanzung sprang der Funke über und nun war er Teil dieser kleinen Familie.

Zwischen Kaffee und Kuchen nahm er ein kleines, schwarzes Büchlein hervor und las, es schien ihm angemessen, ein Zitat vor: „Geizhälse sind die Plage ihrer Zeitgenossen, aber das Entzücken ihrer Erben". Dieses Zitat schrieb Theodor Fontane einmal.

Sie erhoben die Kaffeetassen und prosteten auf den geizigen Zeitgenossen Ludwig. Wie Recht Fontane doch hatte. Sie gedachten der beiden Todesfälle an jenem Tag - das Schicksal konnte manchmal so grausam nett sein.

Wenn du wüsstest

Wenn du wüsstest, dass er unten auf dich wartet und jeden deiner Schritte verfolgt, würdest du dann weiter laufen? Würdest du dich sinnlichen Bewegungen hingeben, während er sich daran erregt?

Wie immer wartete er unten auf sie. Er stand hinter schützenden Autos direkt vor ihrem Haus. Einfacher konnte er es nicht haben. Die parkenden Autos der Anwohner standen so dicht, dass man ihn kaum dahinter sehen konnte. Von hier unten konnte er sie in aller Ruhe betrachten. Er hatte Zeit an diesem Abend. Mal kam sie früher nach Hause, mal kam sie später nach Hause – aber eines war sicher: Sie kam immer nach Hause.

Nun war es so weit, sie knipste das Licht in ihrer 120 Quadratmeter großen Attikawohnung an, und bewegte sich von links nach rechts. Sie fing im Flur an sich auszuziehen, wenn sie nachts nach Hause kam.

Im Schlafzimmer, welches sich in der unteren Etage befand, legte sie weitere Kleidungsstücke ab.

Er konnte sie betrachten, wie sie der Schöpfer erschuf, denn von Gardinen schien sie nichts zu halten, sie hatte keine einzige an den Fenstern angebracht. Manchmal stellte sie einen beweglichen Sichtschutz aus Stoff auf, aus welchem Grund auch immer – doch meistens ließ sie den cremefarbenen Sichtschutz weg. Sie wollte ihm dann alles zeigen, was sie hatte – und auf diese sportliche Figur konnte sie wahrlich stolz sein. Es war wunderbar ihren Körper zu betrachten. Ihre Silhouette war einzigartig. Wie elegant und feminin sie ihre wohl verteilten Proportionen bewegte. Sie wollte es so, da war er sich sicher. Sie wollte ihn heiß machen – er spürte das. So intensiv hatte er schon lange keine Frau mehr begehrt wie sie. Ihr Name klang nach einer Melodie: NATASCHA. Leise sprach er ihren Namen vor sich hin, während er voll Wollust hinter diesen Autos stand – und mit ihm stand spontan sein kleiner Hosenfreund aus Fleisch und Blut.

Dieser Hosenfreund hatte gerade, durch erzeugten psychischen Reiz, eine Erektion bekommen. Prall mit Blut gefüllt und leichter Schräglage nach links stand er da. Bis sie das Licht ausschaltete vergingen 18 Minuten.

Für ihn waren es Minuten mehrfacher Erregungen. Der Abend endete für ihn, wie jeden Abend, auf dem Rathausplatz vor ihrem Haus. Hier war er Glückselig. Befriedigt verließ er den nahezu unbeleuchteten Platz, schwang sich auf sein Fahrrad und verschwand in den dunklen Gassen eines kleinen Dorfes im Hochschwarzwald. Grafenhausen, das Dorf mit Alpenblick, so nannten es die Einheimischen.

Niemand erwartete ihn daheim, keiner freute sich, wenn er kam, niemand vermisste ihn, wenn er fort blieb. Er bewohnte dieses große Haus seiner verstorbenen Eltern in der Nähe des Schlüchtsees ganz alleine. Er hatte noch lebende Verwandte im Blasiwald, einen gestörten Onkel, mütterlicherseits, den Ludwig Rot und dessen Familie.

Es hieß, er wäre unlängst an einem Herzinfarkt gestorben. Ein Psychopath weniger, dachte sich Hans-Dieter. Ludwig machte einer auf Geizhals, lebte ganz bescheiden und mied die restlichen Familienmitglieder, was auch gut so war. Irgendwann brach er den Kontakt zu Hans-Dieter ganz ab.

Tante Gertrude-Helene hatte Hans-Dieter einen Brief geschrieben und ihm von dem tragischen Unglücksfall berichtet. Um ihn aufzumuntern schickte sie ihm ein kleines, schwarzes Büchlein im Umschlag mit. Ein gute Laune Büchlein sozusagen. Für jeden Anlass gab es den geeigneten Spruch. Tante Gertrude-Helene schrieb noch dazu, er möge es doch bitte weiterreichen, es sei ein Wanderbuch. Den Eindruck hatte er auch, als er die vielen Namen auf der letzten Seite betrachtete. Dieses Büchlein ging schon durch einige Hände. Er fand den Gedanken daran irgendwie witzig und so schrieb er seinen Namen gleich unter den letzten Namen, unter Rudi.

Laut Onkel Ludwig und einem Arztbericht, welcher ein Bekannter eines Bekannten angeblich gelesen hatte war Hans-Dieter schizophren, so ein Quatsch. Was auch immer das für eine Krankheit war, er hatte sie sicherlich nicht. Sie wollten ihn loswerden, hatten sich gegen ihn verschworen. Alle hatten sich gegen ihn verschworen, das ganze Dorf beobachtete ihn und erfand Geschichten über ihn.

Nein, diese Tabletten nahm er natürlich auch nicht, warum auch, er war ja schließlich nicht krank, sie waren es, die Dorfbewohner. Sie tuschelten hinter seinem Rücken über ihn und lachten. Sollte sie doch lachen, die Dorfgemeinschaft. Zuletzt würde er, der Hans-Dieter, am meisten lachen.

Ein Tag später, es war schon Spätnachmittag, ging Hans-Dieter in diese Pizzeria „Mamma Lucia" an der Hauptstraße. Wie jeden Spätnachmittag verspeiste er hier seine Pizza alla Chef oder einen Teller mit Spaghetti. Sie mochten ihn hier nicht aber er war Stammgast und zahlte immer, so tolerierten sie ihn.

Manchmal ergaben sich auch Nebenjobs und er konnte sich nebenher noch etwas Geld verdienen. Das Leben war teuer und das Erbe seiner Eltern war bald aufgebraucht und reichte nicht aus. Er müsste sowieso bald wieder einer geregelten Arbeit nachgehen.

„Hanse-Dieter, eine Hausverwaltung hiere in Grafehuse suche noch eine Hausmeister."

Hans-Dieter war gerade dabei, seine Pizza in gleichmäßige Stücke zu teilen, da sah er Guiseppe, den Chef von „Mamma Lucia" kurz an. So schlecht klang das gar nicht, was der kleine etwas korpulente Südländer mit unreiner Haut ihm erzählte. Den einen oder anderen Euro konnte er tatsächlich gut gebrauchen.

„Für welches Haus suchen sie einen Hausmeister?", wollte Hans-Dieter wissen.

„Fur dase große Haus am Rathauseplatze, wo der Zahnarzt seine Praxis hat", teilte ihm Guiseppe mit italienischem Slang mit. Jetzt glühten bei Hans-Dieter beide Ohren, das war doch das Haus seiner Angebeteten.

Er ließ sich die Telefonnummer der Hausverwalterin geben und steckte sie ein. Das wäre die Chance, um seinem Traum ein Stück näher zu kommen. Er roch sie schon förmlich.

Die Hausverwalterin stammte aus Lörrach. Ihre streng nach hinten gekämmten grauen Haare vermittelten Souveränität. Durch ihre Gleitsichtbrille beäugte sie Hans-Dieter sehr genau. Er war der dürren Betriebswirtin im Hosenanzug auf Anhieb kalkulatorisch sympathisch, für solch einen geringen Stundensatz würde sie sonst niemanden finden. Er war gelernter Elektriker und hatte zudem Kenntnisse im Heizungs- und Sanitär- Bereich. So einer war Gold wert. Sie waren sich schnell einig und so begann Hans-Dieter einen neuen Job als Hausmeister, was durchaus abwechslungsreich werden konnte.

Die Arbeit schien ihm zu liegen, er fegte das Treppenhaus von oben nach unten und von unten nach oben. In jede noch so kleinste Ritze kam er hinein und befreite sie von Staub und Spinnenweben.

Er erledigte vor dem Haus die Straßenreinigung und pflegte den kleinen Garten. Er überwachte die alte Ölheizung, koordinierte die Brennstoffanlieferung und überwachte die Warmwasserversorgung. Er war der Mann für alle Fälle und die nette Hausgemeinschaft vertraute ihm - auch sie. Besonders sie, ihr durfte er sogar eine Waschmaschine in die Attika-Wohnung wuchten und im modern gefliesten Bad anschließen. Wie nett sie war, die NATASCHA.

Ihr Bad duftete nach Pfirsichblüten, genauso wie ihr Haar. Das roch er genau als sie sich für einen kurzen Moment zu ihm runterbeugte.

„Ach ich wäre sowas von aufgeschmissen ohne Sie, Hans-Dieter."

Nett war sie und so natürlich.

Als er am gleichen Tag ein zweites Mal nach der Waschmaschine im Dachgeschoss schauen musste, hatte er zuvor aus dem kleinen schwarzen Büchlein einen Satz gelesen: „Was wäre das Leben, hätten wir nicht den Mut, etwas zu riskieren."

Es war ein Zitat von Vincent van Gogh.
Dieser Satz gab Hans-Dieter den nötigen
Mut ein zweites Mal zu seiner Angebeteten
zu gehen. Sie hatte ihn schließlich
angerufen und gebeten ein weiteres Mal zu
kommen. Er wollte nicht kneifen, er traute
sich. Er wollte sich seinen Gefühlen stellen
und was riskieren.

Als er ihre Wohnung durch die offen
stehende Wohnungstüre betrat lag sie
bereits in der Badewanne. Die
Halogenstrahler hatte sie verführerisch
gedimmt. „Die Türe steht offen Hans-
Dieter." Er solle sich nicht stören lassen,
sagte sie und genoss derweil das
Schaumbad in der Wanne. Die
Waschmaschine stand einen Meter von
ihrer Badewanne entfernt. Sie lächelte ihn
mit feucht erwärmten Wangen zu. Der
Pfirsich vernebelte ihm die Sinne. Wie sollte
er sich da an das Anschließen der
Wasserleitung konzentrieren? Er kniete auf
den Bodenfliesen, hielt die Rohrzange in der
rechten Hand und konnte zwischen seinem
linken Arm und der Waschmaschine durch
die Schaumberge der Badewanne hindurch
ihre Brüste erahnen.

Dann sah er einen – nein, dann sah er beide Milchdrüsen. Der Atem stockte ihm. Jetzt begann sie sich die Füße mit einer langstieligen Massagebürste abzubürsten. Das wäre jetzt die Chance gewesen, doch für was genau, was hätte er in diesem Moment in die Tat umsetzen können.

Er hatte doch keinen genauen Plan – und zudem hatte er keinerlei Erfahrungen mit Frauen gesammelt und das mit dreißig Jahren nicht.

Die Waschmaschine war angeschlossen. Er stand auf, wollte sich gerade wieder von ihr verabschieden, da packte sie seinen Arm und zog ihn mit aller Kraft in die Schaumwanne hinein.

„Du willst es doch genauso wie ich", hauchte sie ihn durch den weißen Badeschaum an.

Dann begann sie ihn wie wild zu küssen. Er verlor die Kontrolle, konnte seine Beherrschung nicht aufrechterhalten und erwiderte ihre Liebkosungen.

Zuerst flogen seine schwarzen, nassen Sicherheitsstiefel aus der Wanne, dann folgte sein blauer Hausmeister Anzug Größe L. Die Herren Boxer Short landete auf dem Seifenspender des Waschbeckens. Der gut aussehende, schüchterne Jüngling mit James Dean Optik und athletischer 1,80 Statur war durchaus ein Leckerbissen.

„Denkst du bitte noch an den Müll Hans-Dieter, du weißt ja wo der Container steht", hauchte ihm NATASCHA nach dem Wellengang in der komfortablen, weißen Eck-Badewanne aus Sanitäracryl sanft ins Ohr.

Seither kümmerte er sich täglich um ihren Müll und behob täglich kleinere Schäden in ihrer geräumigen Attikawohnung. NATASCHA hatte jede Menge Reparaturwünsche, die sie alleine nicht beheben konnte, da brauchte es schon einen geschickten Mann wie Hans-Dieter. Mal schlossen die Türen und Fenster nicht, mal funktionierte die Beleuchtung nicht. Hans-Dieter reparierte und montierte einfach alles, doch am liebsten schraubte er an NATASCHA herum.

Eine Woche später hingen Rollläden an NATASCHAS Fenster. Sicher war sicher, vor Spannern konnte man nicht genug Sichtschutz haben – von denen gab es ja bekanntlich jede Menge.

Donna

Vor Jahren hatte sie sich durch einen Freund hoch verschuldet und musste nun ratenweise alles alleine zurückzahlen, da sie für ihn bürgte und er mittlerweile nicht in der Lage war seine Schuld selbst zu begleichen. Neben ihrem Hauptberuf als Archivarin musste sie Nacht für Nacht in diesem alten Gasthaus in Todtnau schaffen, um den Schuldenberg Rate für Rate abzustottern. Dumm gelaufen war das, sie hatte Justus diese peinliche Geschichte einmal erzählt. Sie vertraute ihm – das gefiel ihm. Donna war ein Rasseweib. Justus lernte sie vor drei Wochen in dieser Kneipe kennen. Ihre sanft schimmernden blonden Haare, die nach frischen Quittenblüten dufteten, verwirrten seine Sinne.

Er genoss jeden Augenblick und saugte ihren Duft olfaktorisch in sich hinein. Ihre Sommersprossen waren gleichmäßig auf ihrer hellen, zarten Haut verteilt und verschoben sich bei jedem Lächeln, das sie nur ihm schenkte, gleichmäßig entlang ihrer Wangen.

Ihr Lächeln glich einem warmen Sonnenstrahl an einem kalten Novembertag. Seine Augen suchten nach ihr und fanden sie gleich. Strahlend blau und ozeantief. In diesem Moment schien der Moment still zu stehen. Ein Gefühl der Glückseligkeit, gepaart mit unendlichem Verlangen nach ihrem Körper machte sich bei jeder Begegnung breit. Donna war die Perfektion in Person – der Inbegriff einer weiblichen Traumgestalt. Schon jetzt erfüllte sie viele seiner Wünsche – unbewusst. Sie schienen für einander geschaffen zu sein, das Schicksal hatte es so bestimmt, sonst wären sie sich nicht begegnet.

„Wie immer, Justus?", fragte Donna.

Es war wie immer und er wollte auch an diesem Tag das essen, was er immer bei ihr bestellte: Wurstsalat. „Du kannst dich gerne an den Tisch im dunklen Eck setzen." Das tat er. Er wollte auch nicht am Stammtisch, im Rampenlicht sitzen, hier durften nur Freunde des Hauses und Stammgäste sitzen, was durch ein großes Holzschild mit eingebranntem Schriftzug betont wurde: „Do sitze nur die, die immer do sitze."

„Ja wie immer", antwortete er etwas verlegen. Da rief es vom Nachbartisch herüber: „Einen Wurstsalat für den Hans-Wurst, na das passt mal wieder." Es war ein Nachbar, der Lothar Müller, ein Taugenichts, ein Versager, ein eingebildeter Typ, der immer im Rampenlicht stehen wollte. Justus überlegte kurz, ob er ihm eine Kugel in den Kopf jagen sollte. Die passende Waffe besaß er ganz legal. Er war Mitglied im benachbarten Schützenverein. Die nahmen jeden, da sie schrumpfende Mitgliederzahlen zu beklagen hatten. Ein Dorf ohne einen Schützenverein war kein Dorf. Sie waren über jedes Mitglied froh.

Justus wollte sich vor Donna nicht provozieren lassen. Den würde er sich später vornehmen.

„Hier dein Rotwein, Justus, hör da einfach weg, wenn sie blöd reden", sagte Donna fast schon mitleidig. Wie lieb und einfühlsam sie war.

„Spiel dich hier nicht so auf, du Affe", sagte Donna im strengen Ton zu Lothar Müller und boxte ihm gegen den rechten Oberarm. Die Dorfburschen am Stammtisch lachten aus allen Kehlen.

„Schon in Ordnung Süße, mach hier keine Panik-Stimmung", antwortete Lothar, der zeitgleich an Donnas Hintern herumfummelte. Das war eindeutig eine Spur zu viel. Justus zog seine großkalibrige Waffe, einen Revolver 357 MAG, zielte und schoss Lothar Müller eine anständige 9mm Kugel durch dessen Schläfe. Wo kein Hirn ist kann man auch nichts treffen – und so geschah das unfassbare: Lothar Müller stand wankend und Blut überströmt auf, richtete seinen starren Blick auf Justus, so als wolle er sagen: „Was hast du Dummkopf gemacht?"

Dann griff er mit schlappen Armen nach der Magnum und richtete sie blitzschnell auf Justus. Ein Schuss löste sich, dann floss Justus das warme Blut über seine Brust. Es floss schwallweise in sein grün kariertes Flanellhemd. Justus betrachtete sein eigenes Blut in den Handflächen, die den pulsierenden Blutfluss zu stoppen versuchten. „Nein", schrie Donna.

Justus erwachte aus seiner Gedankenstarre und fand sich wieder am Tisch im dunklen Eck. Lothar Müller gab seine billigen Witze immer noch zum Besten. Justus hatte sich vor lauter Unachtsamkeit den Rotwein übers Hemd geschüttet. Das kam davon, wenn man am Abend Tagträume hatte.

Wie bekam man Weinflecken aus der Kleidung heraus?

„Das bekannteste Hausmittel gegen Rotweinflecken ist Salz", rief Donna, rannte in die Küche und kam kurz darauf mit Salz und einer Zitrone wieder. Donna gab das Salz direkt auf die Rotweinflecken. So konnte das Salz die Feuchtigkeit des Rotweins sehr gut aufsaugen.

Donna halbierte eine Zitrone, presste sie aus und verteilte den Zitronensaft auf dem Hemd, dann bürstete sie anschließend die Stellen gut aus.

Lothar Müller, sowie die angetrunkenen Halbstarken des Dorfes lachten am Stammtisch Tränen. Plötzlich wendete sich das Blatt, Justus konnte über seine eigene Schusseligkeit mitlachen. Dann brach das Eis zwischen den beiden Fronten. Lothar Müller lud Justus auf einen Umtrunk ein, daraufhin setzte sich Justus zu den Todtnauer Burschen an den Stammtisch. Donna begann sogleich auf Alemannisch zu reimen, getreu nach Gerhard Jung:

„Wenn Fride witt, bruuchsch frohi Lüt!

Di giftige, di zornige,

di suure, un di hornige,

wo s Millione dävo git, die schaffe s alli zämme nit.

Wenn Fride witt, bruuchsch frohi Lüt!"

Den Spruch hatte sie von ihrem Vater Guiseppe, der irgendwann einmal ein Büchlein mit diversen Sprüchen geschenkt bekam, welches er gleich seiner belesenen Tochter weiterreichte.

„Wenn des ruskummt, was da neikummt – dann kumme wir nei und nimmi rus."

„Wenn des ruskummt, was da neikummt – dann kumme wir nei und nimmi rus."

Metzgermeister Peter vibrierte vor Erregung. Die Geschäfte liefen gut, seine Wurst war sehr begehrt. Mit den Preisen der Konkurrenz konnte er allemal mithalten. Und was in den hinteren Räumen so alles an dem Fiskus vorbei verkauft wurde war ein noch besseres Geschäft. „Halts Muul un mach jetzt die Wurscht."

Wenn man nicht alles selbst erledigte – de Gallus war zwar eine treue Seele, schon seit Jahrzehnten half er ihm bei Hausschlachtungen und der Veredelung. Jetzt ging ihm die Flatter. „Du bisch und blibsch e Schisshafe." Jahr für Jahr wurde bei der Zubereitung nur „ewengeli" gemogelt. Das war nicht der Rede wert, machten doch alle so. Da wurde längst abgelaufenes Fleisch, sogenanntes Gammelfleisch verarbeitet, oder Ware aus Osteuropa kam des Nachts im Hinterhof an.

„Ich stieg us, sell mach i nimmi, denn wenn des ruskummt häma ziemlich große Probleme" „Du Hanswurscht, jetzt stell di nit so an."

Peter packte Gallus am Arm und riss ihn forsch von rechts nach links. Der sollte ruhig spüren wer hier der Meister in der Metzgerei war. Ganz ungefährlich war das nicht, bereitete Gallus doch gerade den Fleischwolf vor. „Du machsch jetzt des, was ich sag, verstande?"

Und wie er das verstanden hatte.

Gallus überlegte den Bruchteil einer Sekunde, dann schnappte er sich das blutverschmierte Hackbrett aus dem Hackbereich mit beiden handschuhüberzogenen Händen und schlug kurzerhand dem Meister das harte, triefende Kunststoffbrett mit ganzer Breite von hinten auf den Schädel.

Ein kurzer Aufschrei, dann taumelte der Meister mit Fallneigung nach vorne Richtung Hackklotz. Es schlug ihn mit der rechten Schläfe gegen den Hackklotz, bevor er bewusstlos zu Boden ging. Da lag er dann am Boden. Gallus stand wie versteinert da. Jetzt musste er schnell handeln, schließlich lag sein Chef im kalten Zerlegbereich vermutlich tot am Boden.

Kein Atemzug war zu hören, sein Brustkorb schien sich nicht zu heben oder zu senken. Gallus streifte vorsichtig einen seiner verschmierten Metzger-Handschuhe ab um Peters Puls zu suchen – vergeblich, da war nichts mehr. Aus die Maus. Schluss mit Muss. Vorbei mit Panscherei.

Es schien als würde er friedlich schlafen - kein Blutstropfen war von außen zu sehen. Jetzt musste Gallus schnell handeln.

Auf dem harten Fließenboden lag er für die weitere Vorgehensweise recht günstig.

Zwei Tage später waren die Messer gut geschliffen, so konnte effektiver und mit weniger Kraftaufwand gearbeitet werden – das Verletzungsrisiko wurde dadurch gesenkt, denn stumpfe Messer stellten eine viel größere Verletzungsgefahr dar. Die Schneidebretter waren aus synthetischen Materialien und ließen sich so besser reinigen.

 Um Kreuzkontaminationen zu vermeiden wurden verschiedenfarbige Bretter verwendet. Die Bretter für Fleisch waren rot, die fürs Geflügel gelb, die blauen wurden nur für tiefgefrorenes Fleisch verwendet und Gemüse hatte grüne Brettchen. Für Fisch verwendete man die grauen Brettchen und das Brot wurde auf weißen Brettchen geschnitten. Alles war fein säuberlich geordnet. Die Messergriffe bestanden aus Kunststoff.

Die Fleischerhaken waren aus rostfreiem Edelstahl. Alle 3 Hackblöcke bestanden aus dem besten Buchenholz. Das Hartholz war sein Geld wert.

Arbeitsbedingungen und Hygiene entsprachen hier unter der Leitung des neuen Metzgermeisters absolut den Richtlinien. Schädliche Mikroorganismen hatten in dieser neuen Metzgerei kaum eine Chance mehr.

Der Hinterhof mit nächtlichem Umschlagplatz würde im Zuge der bevorstehenden Renovierungsarbeiten abgerissen werden. Schlechtes Fleisch hatte Gallus praktisch über Nacht entsorgt. Unter seiner neuen Leitung wurde hier kein altes oder zwielichtiges Fleisch mehr weiter verkauft. Die Machenschaften in der Metzgerei gehörten von jetzt an der Vergangenheit an.

Jedes Stück Fleisch, welches ab jetzt auf dem Hackklotz der Metzgerei Herrmann landete, war frisch.

Gallus nahm das gerade ausgebeinte Stück Fleisch, es hatte eine schöne Farbe und einen angenehmen Geruch. Der Geschmack war hervorragend. Gallus hatte die bestmögliche Frische erhalten können. Das Fleisch war weder klebrig noch schmierig. Gallus konnte so die Keimzahl niedrig halten und das Fleisch bei optimaler Aufbewahrungstemperatur lagern. Genau so stellte er sich optimale Verarbeitungs-Bedingungen vor.

Gallus war gerade bei einer Zerlegung. Alles wurde fein säuberlich von den Knochen gelöst. Jetzt ging es darum, das frische Fleisch so schnell wie möglich unter die Leute zu bekommen. First in, first out!

Diese Fleischstücke würde er zu Hackfleisch verarbeiten, dafür hatte er sich extra einen neuen Fleischwolf gekauft, da konnte er viel größere Mengen Fleisch verarbeiten.

Das Fleisch wurde in einen neuen 1100 Watt Fleischwolf Wurstfüller aus Edelstahl für die weitere Verarbeitung gegeben. 220 kg pro Stunde konnten mit dem neuen Gerät optimal verarbeitet werden.

Das war auch nötig, denn er hatte jede Menge Frischfleisch vorliegen, welches ganz schnell unter die Leute musste.

Hackbeefsteaks nach dem Rezeptbuch Oma Schliengen

Zutaten für 40 Personen:

3000 g mageres Rindfleisch, 500-600 g Ochsenmark, 5 l Sauerrahm, 10 Teelöffel gehackte Petersilie, 10 feingehackte, angedämpfte Zwiebel, 20 Weissbrötchen, Milch, 10 Eier, Salz, Pfeffer, Muskatnuss, 20 dl Bratensauce, 800 g Butter.

 Fleisch und Mark werden durch die Hackmaschine mit feinem Einsatz getrieben. Sollte die Farce zu wenig sein, wird sie ein zweites Mal hindurchgetrieben und dann in eine Schüssel gegeben. Die Brötchen werden in Würfel geschnitten und mit heißer Milch überschüttet, um sie aufzuweichen. Nach und nach knetet man nun alle genannten Zutaten unter das Fleisch, so dass eine gebundene Masse entsteht, die nicht zu fest sein sollte.

Von dieser Masse werden 80 gleichgroße Teile gemacht, die man mit angenetzten Händen zu flachen, runden Beefsteaks formt (nicht kugelig!) und mittels Messerrücken eine Gitterzeichnung aufkerbt.

15 Minuten vor dem Anrichten brät man die Bitokes in nicht zu heißem Öl oder Bratenfett während ca. 12 Minuten. Nach Belieben kann man eine Zwiebelschweize in die Mitte der rittlings im Kreis angerichteten Hackbeefsteaks geben und die Sauce dazu schütten. Ausgezeichnet schmeckt eine Rahmsauce dazu.

Beilagen: Kartoffeln, Teigwaren usw.

„Genauso werre die Frikadelle jetzt gmacht Peter, frisch, rein un sauber. Du machsch jetzt des, was ich sag, verstande?", schrie der neue Metzgermeister Gallus seinen Chef Peter an. Dieser drehte sich mit gesenktem Kopf um und nickte zustimmend. Jetzt wehte ein anderer Wind in der Metzgerei. Peter konnte froh sein, so einen wunderbaren Metzgermeister zu haben, immerhin hatte er ihm das Leben gerettet.

Diese Sauerei mit dem Gammelfleisch, die Peter jahrelang unbemerkt betrieb musste ein Ende nehmen, wäre das rausgekommen, hätten sie ziemlich große Probleme bekommen. Gallus hatte die Gunst der Stunde genutzt, als der tot geglaubte Peter an jenem Vormittag in der Metzgerei am Boden liegend erwachte. Er schlug seinem Chef einen Deal vor und war mit sofortiger Wirkung der neue Metzgermeister, natürlich mit angemessener Gehaltserhöhung. Dafür versicherte ihm Gallus zu schweigen und nichts über seine Hinterhof Geschäfte zu erzählen. Das konnte ihm Peter nicht ausschlagen. Wer gesetzeswidrige Geschäfte tätigte war eben auch erpressbar. Peter war schnell einsichtig, als Gallus ihm seinen Deal vorschlug, bevor der Rettungswagen damals eintraf.

In der Notfallaufnahme bekundete der leicht verwirrte Peter Herrmann, Metzgermeister aus Todtnauberg: „Ich bin unglücklich in der Zerlegküche g`stürzt."

Dabei schlug er mit der rechten Schläfe gegen den Hacktisch, bevor er ganz unglücklich auf dem harten Fließenboden aufschlug.

Diagnose: Commotio cerebri, leichte, gedeckte Hirnverletzung mit akuter, vorübergehender Funktionsstörung des Gehirns.

In der Metzgerei Herrmann wehte nun ein anderer Wind. Im Bergdorf Todtnauberg tat sich was. Wo vielerorts die Gewerbebetriebe schließen mussten, gab es in Todtnauberg eine Metzgerei, die sich von allen anderen abhob. Sie verarbeitete nur das beste Fleisch aus einheimischer Zucht. Der neue Metzgermeister wollte durch die Vermarktung einheimischer Produkte die hiesige Viehwirtschaft unterstützen. Das Konzept war voll im Trend. Peter befolgte die guten Ratschläge seines neuen Meisters Gallus und verarbeitete nun als Metzgergehilfe sozusagen nur noch das beste heimische Fleisch.

– und kamen Peter hin und wieder die alten, lukrativen Geschäftsideen in den Kopf, begann es im Hinterkopf und an der rechten Schläfenseite sofort zu ziehen – Commotio cerebri-Phantomschmerzen auf Lebzeiten, sozusagen. So einen Scheiß würde er nie wieder machen, versprach er Gallus hoch und heilig. Schläge auf den Hinterkopf erhöhten eben doch das Denkvermögen!

„Man sollte nie etwas tun, worüber man nicht nach dem Essen plaudern kann." Zitat: Von Oscar Wilde.

Dieser Spruch hing in der Metzgerei. Gallus hatte ihn zur Neueröffnung von seinem Sohn Justus erhalten. Eine reizende Kellnerin hatte Justus ein kleines, schwarzes Sprüche Büchlein geschenkt. Es war alt, wirkte schon etwas abgegriffen und mitgenommen. Gallus betrachtete das Büchlein. Auf der ersten Seite konnte man noch schwach einen Stempel erkennen: Karl Heinrich aus Neustadt. Gallus überlegte kurz. Der Name kam ihm bekannt vor.

Erst kürzlich wurde ein Präsentkorb bei ihm bestellt. Ein Karl Heinrich aus Neustadt wurde 70 Jahre alt und im Altersheim in Neustadt liefen die Vorbereitungen zu seinem Geburtstag auf Hochtouren. Die Pflegedienstleitung hatte bei Gallus einen Korb mit Spezialitäten aus der Region bestellt. Der Jubilar war ein Feinschmecker. Nach einem kurzen Telefonat mit dem Altersheim bestätigte sich Gallus Vermutung; es war tatsächlich das Büchlein des Herrn Heinrich, der es vor einigen Jahren verloren hatte.

Schwester Magdalena, die Stationsschwester bestätigte dies. Es bedeutet dem Herrn offensichtlich sehr viel. Immer wieder sprach er davon und bekundete dessen Verlust. Da kam Gallus eine Idee: Er nahm das Büchlein kurzerhand und legte es zwischen den Schwarzwälder Schinken, die Dosenwurst, die Landjäger und die anderen Leckereien im Präsentkorb. Als Kulinarisches Highlight legte Gallus noch eine Flasche „Glottertäler Roter Bur" in den Korb.

Dann verpackte er den Korb mit durchsichtiger Geschenkfolie und schnürte es mit einem breiten, roten Satin-Geschenkband zu.

„Qualitätsprodukte - Aus Liebe zur Region", stand auf dem Herz-Aufkleber, der mittig auf der Folie klebte.

Zwei Tage später hielt der Jubilar Karl Heinrich den Korb während seiner Geburtstagsfeier freudestrahlend in den Armen. Er hatte das kleine, schwarze Büchlein sofort erblickt und wiedererkannt. Was für eine Überraschung. Er hatte den Kalender mit der Zitatensammlung wieder. Ein Gospelchor war geladen und sang wunderbare Lieder. Karl war überglücklich. Einige Bewohner der Alters Residenz gratulierten ihm persönlich.

Unter ihnen war eine bucklige, schwer laufende Dame mit einem wunderschönen blumigen Kopftuch. Sie bewohnte das Zimmer neben Karl. Man sah sie selten, da sie ihre Mahlzeiten auf ihrem Zimmer einnahm und tagsüber mit ihrer Gehhilfe im nahegelegenen Wald unterwegs war.

„Alles Gute zum Geburtstag, Karl", sprach sie ganz leise und mit tiefgründigem, starrem Blick. Dabei hielt Lydia Karls Hand ganz fest. Dann erst begriff er und erkannte sie.

„Lydia?" Eine Mischung aus Furcht und Freude überkam ihn.

Dann zitierte Lydia Franz Kafka: „Meistens wohnt der, den man sucht, nebenan.

Karl schnappte sich Lydias zweite Hand, dann schaute er ihr tief in die Augen und konterte frei nach Rainer Maria Rilke: „Schau, ich will nichts, als deine Hände halten und still und gut und voller Friede sein." Lydia lächelte ihn sanft an.

Dann tranken sie eine Flasche „Glottertäler Roter Bur".

Freizeittipps

Breitnau

Glasbläserei Hofgut Sternen, Ravennaschlucht, Ravennabrücke, Seilerei

Feldberg

Erichs Schnapshäusle, Feldbergbahn, Feldbergturm, Feldsee, Glaskunst Altglashütten, Haus der Natur, Kletterwald, Schwarzwälder Schinkenmuseum, Wichtelpfad

Grafenhausen

Familienpfad Schlühüwanapark, Naturerlebnispfad, Hüsli, Schlüchtsee, Schwarzwaldhaus der Sinne, Staatsbrauerei Rothaus, Volkskundemuseum

Hinterzarten

Adlerschanze, Feuerwehrmuseum, Hochmoor Hinterzarten, Landwirtschaftsmuseum, Naturerlebnispfad, Skimuseum, Spielzeugmuseum, Wichtelpfad

Start: Gipfeltrail Hochschwarzwald

Muggenbrunn

Barfußpfad

Neustadt

Hochfirstschanze, Literaturpfad

Schluchsee

Heimethus, Jägersteil, Riesenbühlturm, Schluchsee, Seerundfahrten Toth

Titisee

Badeparadies, Erlebnispfad Wasser, Maerklin-World, Titisee

Todtnau

Rodelbahn, Todtnauer Wasserfälle, Wald- und Sinnespfad, Zauberweg

Todtnauberg

Wald- und Sinnespfad Todtnauberg

Schlusswort

Der Naturpark Südschwarzwald bietet mystische Wanderpfade und Bergtrails zwischen bizarren Felsformationen. Wildromantische Landschaften laden zum Entspannen ein. Malerisch gelegene Kapellen und Bauernhöfe, rauschende Bäche, endlose Kaskaden, Pfade, Treppen, Stege, himmelsstrebende Steilwände, atemberaubende Naturschutzgebiete…

 Wer den Naturpark Südschwarzwald erlebt hat, den lässt er nicht mehr los. Sein Charme ist berauschend. Nicht umsonst gehört der Naturpark Südschwarzwald zu einer der schönsten Ferienregionen!

Barbara-Katharina Beck

Danke

Herzlich bedanken möchte ich mich an dieser Stelle bei meinen Lektorinnen:

Barbara, Kerstin, Mary, Susanne, Tanja, Waltraud, Vittoria.

Danke, dass ihr mich so tatkräftig unterstützt habt!